我願是那片海洋魚鱗

夏曼・藍波安 著

目次

自序 007

◇家屋

沒有妳，我是殘廢而孤獨的海人 014
我願是那片海洋的魚鱗 039
金恩巴的海浪 045
無數次的聚與離 049
飛旋海豚 054
早晨與晨歌 067
女兒買的書 070

母親節 073
家 076

◇召喚飛魚

島嶼的第一場雨 082
季節的節日循環想像 087
牲禮儀式了心願 092
樹與山，我們 097
今夜出海捕飛魚 103
海洋帶我去旅行 114
船 120
島嶼的避靜空間 127

真愛世界 130
成長 138
生態植被的意義 146
我的海洋學的文明 149

◇海洋鱗片

少與小的想像 156
在地名與外來名的思維 162
野性的山羊 168
登陸艇 174
有一種孤寂，稱之被現代性「孤立」 183
生日 187

淺談「超越」 190
吉勒棚 198
深夜來杯自沖咖啡 204
禁忌（makaniyaw） 207
摯友，想念你 209
手槍流血了 214
原始與富足 217
採集者與耕種者 220
島嶼之蛹 224
拼板船 227

自序

「我願是那片海洋的魚鱗」，起初是我在《幼獅文藝》月刊連載的文章篇名，但我忘了是哪一年的連載[1]，也是我唯一完成的「連載」成績。我寫這句話的同時，其實過去的《聯副》、《中時副刊》也都曾經邀我寫一千字以內的「連載」文章，對我而言，雙週一篇，那不是一件困難的事，困難的是，我居住在西太平洋上的一個小島上，小島的生活作息瀰漫著海洋的浪漫，瀰漫著學習島嶼的生活，諸如潛水獵魚，巡山，尋找造船的樹材，學習島嶼民族植被生態的知識，沉溺於夜航，划船捕飛魚，或者在海上通宵獵魚，或者跟長者閒

1 編按：二〇一七年於《幼獅文藝》連載的專欄。

聊島嶼物語，於是感覺時間飛逝，往往無法專注於書寫連載的故事，而半途逃離。當下的此刻，回想起來都是我的錯，錯在我試圖思索運用城市的思維語法，城市的書寫模式，於是下筆起來五音不全，牛頭不對馬嘴；錯誤在於我說的族語愈來愈好，阻礙了我原來就不好的華語書寫的進步，原來就不符合「漢式作文」語法句型的文章，或者我寫得跟城市無關的事物，太在意城市人的感受，我錯了。我想說的「小島的宇宙」，正是城市街燈的邊緣，此刻我更想說明的是，我們住在「不同的星球」：簡單來說，我把連載專欄複雜化了。

《我願是那片海洋的魚鱗》的第二部分的散文是我個人遺忘的、已刊登過的小品文，於是麻煩了編輯幫我搜尋，十分感謝她。在我出版了《老海人》（二〇〇九，印刻）小說集之後，鮮少寫散文，而專注於書寫長篇的，我歸類為「夏曼式」的長篇小說。

第三部分是我這幾年，在我個人的臉書動態，電腦鍵盤隨性隨意寫的極短篇，當下的文章，不限時空、場景，在我的鐵皮屋書房，天氣良好則在屋外；雨天，或暴風則在屋內，隨性書寫集結的。

對於我個人，或說自稱是「海洋文學家」，理論上，我其實並沒有十分認真地思索這個「頭銜」的實質意義。依然記得，我在一九八〇年大一的國文必修課的作文課，老師給班上打的作文分數，幾乎都是在八十五分以上，然而給我的分數，卻是六十七分，老師用紅筆的評語是，「我看不懂你在寫什麼？」

一九九九年的《黑色的翅膀》由晨星出版的時候，有位女性作家評論這本書的前兩章，說「不是小說的書寫劇情的方法」。又《天空的眼睛》（二〇一二，聯經）的編輯說：「希望把浪人鰺的話語敘述換成『我』，也就是說，以『人類』為主述者。」我當時即時的反思是，「我們住在不同的星球」，我為何必須依「你們」（城市文學）的標準為書寫的標準骨架。假如我可以說，「我們住在不同的星球」，我們的宇宙觀是不同的，在蘭嶼的我們，魚類、天空、風雲雨、海洋潮汐、陽光月亮是我民族說故事（文學）的核心，你們城市的街道巷弄的故事，其實就是我們民族眼前的大海潮汐，以及調皮的各種魚類，換言之，我的出生是說我的族語，而非華語，我的族語讓

紅頭村的溪流。

我認識原初的大海情愫，華語讓我認識世界的文學、華語文文學。

回想一九九七年的《冷海情深》（聯文）的出版問世，那已是二十四年前的事了，如今我稍稍地再重讀的時候，發現我的華語書寫，敘述確實有許多的缺陷。二十四年前，我已是四十歲的人了，那是我個人與海洋的戀情故事，日日沉溺於波浪下的水世界，方感悟出，那就是我民族每一位男人的海洋小說，也才感受到我們在海裡的身體是優雅的。

「我願是那片海洋的魚鱗」，我身體的鬥志已經沒有當年的豪氣膽識，但我依舊徜徉在大海的懷抱裡，沁入海裡的溫情，我並不知道這本書的書寫可以給讀者什麼樣的感觸，無法預期。我只能說，我會繼續的努力書寫我所認識的「星球」，也懇請讀者們給予我支持，以及深層的鼓勵。

完稿於蘭嶼家

二〇二一年九月六日

家屋

家屋創造著每一個人對於世界的情感情緒，
它就是我們每一個人創造人性的星球。

沒有妳，我是殘廢而孤獨的海人

海天一色幾乎已經是我們島嶼族人的世界地圖，亙古之時就雕刻在我們海洋基因裡的飄海旗幟。於是時時刻刻變換的這張世界地圖，也在全世界人類眼裡敘述著它的無奈，以及無痕的傷感。我如此說，也如此感悟。

在我與孩子們的母親出生的時候，我們島嶼的天空就已經出現了嗡嗡聲，困擾我們耳膜的清靜，那是老鷹飛翔追不到的鐵鳥。還有在我們海域咚咚聲的、鬼頭刀魚順泳也難於超越的鐵殼船。這個鐵鳥、鐵船，我祖父曾經跟我說過，說：鐵鳥飛越我們島嶼的時候，他們飛奔的躲進礁石洞穴；鐵殼船駛近部落灘頭的時候，他們就穿著戰甲持長矛佇立在海邊，嘗試與外國人和解。此時，祖父的記憶已成傳說了，他的故事也成了謊言，只剩我還在迷思，時而甜美、時而傷感的回憶。

那我就從「回憶」說起吧：

在成功大學台文所博士班修課的第二年，有一天我在操場徒步健行，我感覺面容忽然隨著情緒憂傷了起來，內心深處想的不是我已仙逝的、養我育我的父母親，而是我孩子們的媽媽。她一個人守著我們家屋靈魂的身影，清晰地浮現在我徒步時的腦海，她好不好呢？我說在心海。我坐在操場司令台的台階上，想著孩子們的母親好不好呢？想著想著……想著，也想著浮動的海洋，心忽然飛到了蘭嶼，回到了我們曾經擁有過的記憶。

一九七六年的中秋節，我們民族第一代來台北工作的，是我們這群蘭嶼國中第一、二屆畢業的學生，有一群在信義路聯勤兵工廠上班的男同學，電話邀約去國父紀念館假裝賞月過中秋。我在板橋大同水上樂園附近的一家染整廠工作，我個人對於吃月餅興趣很小，但對於闊別了三年又幾個月沒見過的同學，可以在台北相見，我是特別的期待，好像久未吃新鮮魚，吃龍蝦，忽然把我們從小熟悉的海鮮食物拿來你的眼前共享，讓你興奮到無言的快樂樣。除去讓我樂翻天的，屬於我們熟悉的笑話外，我們共通的話題是，我們的膚色都變得比以前白皙了。然而在我們喜氣洋洋的同時，只有我孩子們的母親，當時問我說：

「你為何拒絕保送師範大學呢？害你現在跟我們一樣，吃『工廠』的飯。」

我在那個瞬間，發覺自己比十幾位同學來得不快樂，也寡言了起來，心海裡滿滿的想像就是靠自己考大學，於是一時之間不知如何回答當時不是我女朋友的她，我只輕輕回應，說：

「我想靠自己的實力考上。」

「為何自尋苦惱呢！你考得上大學嗎？」她不以為然地回道，接著又進入了同學們的島嶼笑話。

我與孩子們的母親再次見面的時候，我已經是淡江大學四年級的學生了。她說道；

「大學，真的被你考上了。」

我的笑容裡浮升出淺淺的憂鬱，亦如我的憂鬱浮升出淺淺的微笑。我們開始交往，她開始坐火車來淡水，來到淡水鎮英專路旁，我租的房間。有一次她來，驚嚇的摀著嘴，說；「霉味與悶氣滿間。」我低著頭不敢回道，她開始清掃我的房間。

「這些髒衣服丟掉。」

「不行。」

「那些衣服是我在建築工地扛鋼筋穿的衣服。」

「你不念書，反而去做建築工人嗎？」

「一半一半，我養活自己的肉體，我養活自己的理想。」我回道。

我的父母親根本不知道我念的大學是私立學校，他們一直以為我來台灣念書是台灣政府給我錢念書。然而，我的父母親即使知道我念私立大學，他們存款簿也只有芋頭與魚乾，那些是不能掙到錢的，只可塞進嘴裡溫飽。我父親說達悟語、日語，用片假名寫字。有天，學校的法文系辦轉交給我一封信，信封是日語，信紙也是日語，中文字是瀨川孝吉[1]敬啟，裡頭夾著兩張一千元的日幣。我後來拿去日文系，找日籍老師兌換成台幣。這是我父親當報導人賺的錢，他這一生唯一一次給我的錢，甜蜜在心坎。

孩子們的母親洗了半天我的衣服，清理我的房間也半天。然後把我的毯子丟一邊，自己買了一件大浴巾，說：

「這是你的大學生活嗎？」然後睡著了。

「大學生活？」我這個年紀的大學生是台灣最為浪漫的生活想像，自由自在的年代，美軍移防日本，民歌盛行，而淡江更是某位民歌者主持「大家一起來」電視節目的校園，每個週末的Disco舞會，鄉土論戰之後，現代文學浮現自由主義，席慕蓉的《七里香》詩集、三毛的《撒哈拉沙漠》人手一本，黨外闖客政客的崛起，各類雜誌充斥的年代，高雄美麗島事件的發生，是台灣官方媒體誤導台灣社會的巔峰期，陳映真的《人間雜誌》，在台灣經濟奇蹟下闢出報導台灣社會底層的幽暗，預告了小蔣時代暴風雨來臨前，台灣社會統派、獨派進行潛在的角力賽的美麗氣氛，也是三千年的歷史，與四百年的歷史，台灣島內先後移民的漢人的內戰，但是終究規避討論，台灣是泛原住民族的原初島嶼。

而我，一個靠自己考上大學的、來自於蘭嶼的「邊疆民族」正在為自己的飢餓穿梭在台北各個建築工地謀生討生活、賺學費，讓我沒有時間浪漫，沒有機會牽著漢族女朋友的纖手漫步校園。我的大學生活，一個載體「山地同胞」的自卑袍衣還緊密的黏在我青春期青澀的面容，豪邁放蕩無法驅除我因頻繁飢餓而生了根的憂鬱。

---

1 東京大學人類學教授。

我的大學生活是，父母親遺棄了我的海洋基因，課業處於被退學的邊緣，更是孤兒與孤獨，以及飢餓，無助的重量堆疊。我揹著孤獨陪我沿著淡水河邊漫步，佇足在河岸轉角處，欣賞著在河邊補破網的一位漁夫，他每一次的「補」，好似補我自己夢想幻滅的，一個隱形的網目。我經常光顧他的船屋，細膩閱讀他補破網的神情，他的專注結實的延續我求生的絲絲韌性。每一次在淡江沒錢吃飯，飢餓的時候，我就寂靜的去探望那位漁夫，他的精神，好似我大學時期的糧倉。

她睡著了，我從小學到國中，在蘭嶼的同學，我看著她，她變美了，我心裡想，在心海深處，忽然感受，她有慈母的氣宇，散發持家的韌性。我心裡幻想，我要娶她，她一定會是好媽媽。她心魂的能量開始燃燒我已頹廢，理想近似絕望的地步。

窗外的衣褲隨著無影的風飄動，像我們兒時盪在鞦韆上的衣物，衣服上的水盪出水珠，飄出她洗衣去黴的勤奮味道。我身上沒有錢替她買晚餐，買飲料，只能乾瞪她睡著，想著，這是我一九七六年，來到台北租屋的房間，最最乾淨的一次，讓我聞出了幸福的溫馨。潛意識裡我的身體、我的心魂也像是被洗乾淨似的。但在我沉靜與沉思的時候，我卻忘了跟她說聲，謝謝，或是辛苦妳了。

如今，即使我們共同生活了三十幾年，我依然常常忘記跟孩子們的母親，說聲謝謝，辛苦妳了，這樣的心情話。

一九八八年的二月二十日，也稱220民族「驅除惡靈運動」（核廢遷場）運動日[2]，對抗台灣政府、台電核廢殖民的起義日。我們有了第一個兒子，孩子們的母親正在懷我們的第二個小孩。我們回到蘭嶼的家，窩在父親的火柴盒國宅邊，父親為我們搭建的鐵皮屋，那是完全沒有現代化設備，如電視、衛浴等等的。孩子們的母親懷身孕，一絲怨言也沒有。然而，讓她傷心難過的是，我們部落族人、街坊鄰

2 這是我們民族歷史，在我們祖島第一次對抗異民族、殖民者，決定了我們民族尊嚴的一役。

一九八八年，攝於台北。

居們，對我們起意對抗「國家既定政策」的嘲諷說的話：

「你們長期住在台灣，好意思打擾我們島嶼的安定嗎？核廢料場是國家的政策，你們好意思反抗國家嗎？沒有國民黨，我們的家鄉會好嗎？你們這些民進黨的走狗[3]！滾回台北吧！呸……呸……」等等等的不堪入耳的諷言諷語。

孩子們的母親，於是哭訴著跟我說：

「我很想鑽地洞躲避。」

「颱風過後，族人會明白的，在後來的日子，」我安慰她，說。

一九九一年二月二十日，我與夥伴再次的策畫「驅除惡靈運動」，那又是一個陰霾的天氣，孩子們的母親剛生下我們的第三個小孩幾個月。我們回祖島定居了，我們的房子自己蓋，但還沒有蓋好，我們一家五口窩在隨風搖晃的臨時屋，屋的柱子是常常結實纍纍的椰

3 我與我的抗爭夥伴皆非民進黨黨員，「驅除惡靈」的抗議這個詞，是一九八八年一月在北市安和路的《人間雜誌》，陳映真先生主持，與他的雜誌報導者們共同醞釀出的。

子樹。當時我在蘭嶼鄉公所社會科做臨時課員，台東縣長鄭烈直接下達命令給鄉長，叫我別「帶頭」抗議，最好的辦法就是取消反核的運動。

假如我可以這樣說，當時國民黨政權保送原住民在原鄉學校成績優異的學生去師範、師院、醫學院念書是好的政策，從貧窮到富有的簡易解釋是好事的話，我個人可以接受；但我們從少數民族被殖民之未來發展而言，保送制度的弊端就是保守派，當下既得利益者，被主流政權馴化的群組，而失去了民族覺醒的意識，缺乏鳥瞰的廣度，反思自身民族的整體處境。為了個人的「鐵飯碗」而卑躬屈膝，甘之受辱，這個實例比比皆是，這就是我個人拒絕保送、念師大的核心之一。然而，我那個時候，還是單槍匹馬地毅然的去蘭嶼椰油分駐所，申請集會遊行的許可權，然是，分駐所裡全是台東縣警察分局的警員，包括我高中同學，他是台東縣警察局副分局長，以及眾多的我台東中學的學弟們，有漢人、有原住民族。

我們再從在地者的感受，去說民族運動的意義的話，孩子們的母親在我尚未完全建好的、還沒有門的臨時屋的床上，餵食兩個已經會走路的小孩，用母乳餵襁褓中的小女兒，我說：「集會遊行被許可了。」孩子們的母親回應道：「在自己的島嶼土地『對抗』外來逼害者，還聲請證件，令人厭惡。那你就承擔一切吧！」

謝謝，孩子們的母親的話語，她是個偉大的女人，偉大的母親，彼時，我的沉靜時的記憶，拉回到了我在淡水的租屋的情境。有妳，我會更堅強，我說在心裡。她更有我們島嶼同儕婦女少有的胸襟，甘願跟我共同承受民族內部的羞辱，殖民者走狗的恫嚇，我當下牢記在心海。然而，到目前為止，孩子們的母親與部落婦女閒聊時，封口不說：我們是啟動達悟民族意識覺醒，抵抗異族威權的家人。她從未，從未說過這樣的話，她唾棄那些話語轉換成她在水芋田裡勤奮工作的汗水，即使蘭嶼人第一次領台電核廢回饋金三千六萬元（蘭嶼人的數字觀，數字是由小至大。），我與三個小孩的臨時戶籍在台北，而沒有拿到那筆錢。即使孩子們的母親當時也是台電核廢料回饋金管理委員之一，她也不發一語的，沒有為我們四人爭取，或叫屈。她像是一束正在成長的水芋頭循序漸進的，默默吸吮土壤裡的養分，她把內心裡的抱怨，轉換成一種心靈的詩性勞動，唱首婦女在芋頭田與芋頭之間的親情之歌，淡淡的忘記「回饋金」帶給族人短時間的嬉笑，心平靜氣的咀嚼慢嚥「回饋金」隱藏在金錢裡的，集體民族的固有人格被政客、財閥蹂躪成療癒困難的，被合法化、被光明化的悲情傷痕。孩子們的母親擁有了一種新石器時代的智力，山墾焚燒後的雜草灰燼，焦黑一片的土地成為地瓜的肥料，那才是孩子們的母親的回饋金，她的微笑是純純的生存，源自於人類原始的笑容。

「領了，我們也不會變為富人，」她跟我說，而非抱怨。說穿了全球弱勢民族被殖民的史詩，地表上有哪個民族是被殖民者的政權引進幸福的例子呢？而，數百年以來，優生學鼓吹的「通婚」，倒也弱化了「純血統」者的正統的抵抗論述，轉而進行不同層次的循環妥協，孕育了更多的當權者視為成功者的看板人物，被馴化者滿嘴感恩

一九九八年全家福，兒子小學畢業。

的，蔑視自己族群的經典代表。

我的工作是，繼續往海裡潛泳抓魚，在海面上划船捕飛魚，我根據這個「人類原始生產、原始思維」，開闢我基因的嗜好，醞釀為我個人「文學」創作的試煉場。然而我的嗜好，包含我的浪漫，卻是我與孩子們的母親，在每一次的「菜油鹽米」見到海底大吵之後，每一次我的潰敗繼續用海浪療癒我，運用每一次的新鮮魚慰問她特愛吃魚的舌頭，每一次也都是成功收場。這是我為家屋棟梁的女主人，也為了延續我們婚姻的波浪美景的完整性，我掏出與海洋的感情，潛入海裡抓魚的原始能耐，或說我還存在的尊嚴，一次又一次的容忍自己天生沒有偏財運的命格。然而，我們共同的嗜好，是一種原始性在我們心魂裡一直燃燒，那就是山林裡我扛回家的木材，柴薪燃燒時，火苗從柴房裊裊昇華的柴煙，是我們婚姻的戒指，更是我們婚姻情感的磐石。

有一天，我正在爬格子寫稿（《黑色的翅膀》，一九九九），從凌晨四點寫到早上九點，她看見我桌下的地板上全是丟棄的稿子，她一時爆發，憤怒洩洪，說：

「去台灣做板模工，明天就有錢的收入；爬格子爬不到明天的現金……」洩洪的暴怒語言，把我批判得灰頭土臉，把我正在升等的、熱愛文學創作的「志業」視為媽媽嘴裡的檳榔渣，看作是不能吃的魚鱗鱗片，花了兩個多小時來臭罵我，彼時我如是我家的，那隻對我忠貞不二的黑狗捲起尾巴，我們一起揹著被羞辱的身軀，躲藏的偷溜出去海邊。我沿著海岸礁岩潛水射魚，我的黑狗也沿著海岸礁岩伴我尊嚴的傷痕跟隨我。

「姊姊，哥哥拿著魚槍與小黑狗已經走了兩個小時。」孩子們的母親一聽到我已經下海潛水抓魚的時候，她立刻安靜的禱告，請求上天原諒她的錯誤，這些話是，事後那位屏東恆春平埔族的，我表弟的孩子們的母親，帶著微笑跟我說的話。

三個小時之後的午後，我的魚簍裝滿了許多的，母親、孩子們，以及她要吃的魚，我與小黑狗丟棄了女人的話，揹著因滿載而昇華的喜悅，快樂的回家。彼時，恰是一支小男孩的釣魚竿立在海平線上可以觸碰到紅色夕陽的時段，陽光柔和了。當我的機車停在我家庭院的時候，孩子們已經從學校放學回家了，三個孩子圍著他們的媽媽，她在樹陰下專注的縫補孩子們的短褲。

「爸爸回來了，爸爸回來了，」孩子們如是隔壁家的小小雞，咖咖咖咖、呵呵呵的纏著我。他們的母親斜眼瞪著我，因漁獲滿滿的關係而露出不太乾脆的微笑，緩緩地放下手邊的工作，久久久的說：

「讓人高興，我們全家人有新鮮的魚可吃。」如此的語態語意，不在於漁獲的多寡，而是我民族的男性去抓魚的時候，女性，以及家裡的老者因循的原初禮俗。

「這是亞蓋（阿公）要吃的、這阿格斯（阿嬤）要吃的、這條魚是我的、妳的、妳的，這一條是……媽媽要吃的。」魚，讓我們全家人溫飽，孩子們甜美的笑容就如他們的母親縫補好了他們的褲子，我們也和睦了。孩子們無邪的，乾淨的，飽足鮮魚湯，讓他們的雙唇紅潤，健康更是我們遠離吵架風暴的核心。

菜油鹽米再次的見到海底的時候，孩子們的母親也將再次的驚慌了起來，再醞釀驟雨前的風暴駭浪，這是我家的生活寫照，如是月亮的陰晴圓缺，週期性的循環。然而，也是為了生活，另類的週期性的循環就是我的遠走高飛，身影不定期的消失在小島上的家。孩子們在夜晚需要擁抱的時候，我不在家，讓他們心魂不安而哭泣；父母親需要說達悟語來減緩他們的失憶症的時候，我消失，讓他們身心苦惱，浮升老邁新興的失落感。孩子們的母親，父母親的媳婦，這個時候，她一人肩負著下一代成長的營養，再用芋頭、魚乾填充上一代的腸胃。她那十幾年的辛酸苦辣數不清，過程裡她在水芋田，用泥土水清涼自己的負擔；在豔陽下旱田，她用汗水擦拭淚紋，而後順應自然的節氣，風雲雨生的節奏，不再對我抱怨了。對我無數次的抱怨，從兒子出生之前的戀愛期，說我們在貧窮的邊緣生子、建立家庭、照顧新石器時代思維的前輩們；假如可以這樣說，我們上、下世代的世界像是天空與海洋的間距，在一〇一大樓的冷氣下上班謀生，「那兒是充斥著騙徒的世界，在驟雨豔陽下挖地瓜求溫飽，是苟延殘喘；我們如何連接兩個世代的食物呢？」孩子們的母親如此哭訴著。孩子們的父親，你為何選擇當作家為主業，而不是副業呢？

專業作家要閱讀許多許多國境內外的書籍，還有白話文文學，文言文的古典文學，我讀不完，也吃不下，我因而經常如此的徬徨，或是延伸從小就被華語漢字下蠱，語法困惑而被逼的自卑，失了原生思維的魔力。如斯之無奈重量，我可以藉著身體進入熱帶雨林生態、海洋魚類生態的經歷來堆砌文字的、思想的創意來彌補我雕琢華語漢字的貧窮，我自習的過程，雖然有進步，我認為的，但我的心魂深處在嘀咕著，難於圓滿的感受，說著自己不滿足自己的創作。唾棄「自卑」，唯有再次的遠走高飛。

「一個日本人邀請我與他航海冒險，」我虔誠地跟孩子們的母親，央求道。

「去就去啊，我哪次阻止過你去放浪。把錢留下來，孩子們在台北念書要吃飯。」

「你的決定，連上帝也改變不了。反正父母親都已仙逝了。你就無牽掛的走吧！」她憤怒，壓低口音的說。

「我要寫書。」

「你的書，我拿來生火燒柴，燻那些你捕來的飛魚。」

一種不會賺錢的，自以為是專職作家頭銜的自卑，宛如是一道波浪接著一道駭浪，在我心中加深了不會賺錢的職業的裂痕，也像是航海家身體嚴重缺乏維他命C，傷口困難癒合的痛苦，被語言刺傷更難癒合，作家在家裡的痛苦感受，遠比走在孟買街上的賤民更卑微。想著、渴望著，身體完整健康的酸甜滋味。

「為自己十歲就有的夢想，忽然實現，走吧！」我說在心臟。

「為開闢自己的文學創作的空間範圍而離婚！走吧！」我說給海浪。

「揹著你的夢想，走吧！留下你棄子離家的良心！」

這是非常具體，又接近哲學似的，抽象的憤怒語氣。孩子們的母親說完那些語言的剎那間，我開始感覺天上的灰色烏雲，漸次的隨著陽光的移動，循序的轉換為灰白。我對不起孩子們，對不起家屋裡的女主人，這是我內心裡的小難過，航海回來的日後，我是可以彌補的，我邊想著，但心靈很脆弱地離家了；然而，在我心臟激烈鞦韆的，讓我極度不安不平的是，父母親、大哥在同年同月的逝去，即使一年過後的那一天，我依然無法回到我原初的心靈健康，彷彿有個模糊的島嶼形貌，我渴望去觸碰她，哪怕只是某種幻象而已。其次，另一個幽魂影子也一直糾纏著我，我非得出去航海冒險，也才可以解密我心靈的疑惑，以及浮升出現的，我的憂鬱症。去航海冒險，我在家裡才會平安，才有冒險經歷的話題與孩子們的母親分享，讓情感再一次的從零啟程，也是給孩子們，父親消失時的心智成長，以及萌芽中，對父親思念的、反思的記憶故事。

孩子們的母親在我離家之後的那天，她的憤怒即刻轉化成心靈裡的思念，她說的。我的離家，令她心靈生出空虛，一個人在家的寂寞。她偷偷的飛到台北，與三個已在台北念書的孩子們住一些天，這是天生的親情。最終，他們坐了友人的車子去了桃園國際機場大廳等我的肉體，心魂回家，這一幕，已是要我離婚兩個月以後的時光了。我們真的離婚了，只是我離婚的協議書字跡有鉛塊，是在海面上簽的字，沉入在紐幾內亞的外海。

模糊的島嶼形貌是我丟棄喪親之痛的歸宿，幽魂的糾纏，我把它安置在印尼國度紐幾內亞某處的礁岩洞穴裡，找到了它的幽暗住所。我的心智安靜了、也成熟了。我步出機場大廳，沒看見我親愛的家人，半小時以後，小女兒跟她的母親說：

「依娜，那個人好像是爸爸，走在礁石上的姿態。」

「有那麼醜嗎？有那麼黑嗎？你們的爸爸！」

Si yamen kwa ka?

孩子們的母親很溫柔地問，我在機場外面轉角處抽著香料味濃的印尼菸。

「你是，孩子們的父親嗎？」

淺淺的、淡淡的，我們全家人的笑容溶解了我們喪親的痛楚，凝結了我們的親情，相認不如微笑來的踏實。孩子們的母親接著說道：

Kakmeinigalagalasumuying? kanumalaet ta aming mu.

「你的臉，好像漆上了黑油漆，還有你難看的鬍渣，」已是青少年的孩子們，抿著嘴巴不敢爆笑，說著，爸爸好醜好黑。

「你們漂亮就好，爸爸嘛，隨便啦！」

終究，城市裡街道上霓虹燈的閃爍，對我來說，象徵人們走向迷惘的失落之燈，雖然沒有天空的眼睛那樣迷人，但它的閃爍，說明了此刻的台北，是夜晚，城市的夜晚，我全家人團聚，在城市用歲月書寫移動，移民的漫游人生，喜怒哀樂，酸甜苦辣，那是我與孩子們的母親移動來台北追夢的心路旅程，不抱怨、也不畏縮，淡淡的拐了許多許多的彎曲，就像蚯蚓鑽土營造活化土壤的生機。

我的心情回到了平靜，好似那個模糊的島嶼就是大海，孩子們的母親就是清晰的島嶼。沒有妳，我真的是一個孤獨的島嶼旅人。我說我對孩子們的母親的愛，放在心海內的九海浬[4]處，是相互敬愛不遠

4 九，是個數字，達悟人原始思維的解釋是，漁獲適量即可，一尾魚再次的孵化魚卵，就是生生不滅的生態觀。轉譯成華語的意義是，說出「愛妳」九次就好，男人的一生跟太太說出十次以上的「愛妳」，稱之花心男人，超越了夫妻倆相互敬愛的真情距離。事實上，達悟民族的男人很少很少說出「我愛妳」，在達悟語，那是「不雅」之語。

獲頒吳三連文學獎當日，和家人合影。

也不近的宇宙距離，也是「孤獨」最浪漫的飄浮間距。

我如是說，我心安了，在我六十歲的今年十月，給孩子們的母親的海洋禮物。

我願是那片海洋的魚鱗

——一種疏離的美感

「真實」與「幻象」，以及「親切」與「疏離」在我四十而不立又三年的年紀考入清華大學念人類學研究所之後，這種感觸經常浮現在心靈的深處，好似雙棲生物的綠蠵龜，在任何島嶼的沙灘挖沙產卵，沙埋龜蛋，之後再回海洋裡游牧在任何有食物可啃的珊瑚礁區尋覓食物，好似一生都在為食物、為生存在平靜的海面，在暗流奔騰的水世界討有機的生活。我不知道綠蠵龜在汪洋游牧的目的是什麼？我苦思著……，日日夜夜。

許多的深夜，似乎是我父親（一九一〇年）這一輩最為漫長的呼吸時段，在一九八〇年代之後，強勢的現代化讓他們變得十分無助。

我帶著人類學家馬凌諾斯基[1]的著作《南海舡人》（*Argonauts of the Western Pacific*，一九二二），在我家樓梯間閱讀，涼風來自某個方位，吹著島嶼在冬夜慣有的寒意，無影的小陣風襲來，好似在困擾我閱讀的專注，顫抖數回。我仰望長夜的天宇，天蠍星的尾翼閃爍點點許多，大伯說過，那些點點繁星，象徵年度的飛魚很多，關於這個說詞，或者說是我父親那一輩的島民的經驗理論，為此我因而花了十年，在夜間親自划著拼板船出海來證實，這是我喜歡的事，在夜空帷幕的汪洋上，如在北疆唐布拉大草原享受飄移，證實非科學理論以外，帶有不確定性的初民科學。我許多次許許多次漂流的經歷累積，證實了他們的經驗論在「真實」與「幻象」間循環，循環著許許多多的不確定的瞬間元素，那些年我被海洋民族傳統的實證體驗訓練，讓我非常喜歡在真實的氛圍裡，貼近偶爾幻滅的短暫失落，我不知道，我為什麼喜歡那股短暫失落的感受，好像失落的孤寂不是失敗的證詞，總是會期待月亮再次的從海平線上升的，最後父親教我觀察月亮的夜夜變形，夜夜變形也是夜夜的潮水流變，那是「真實與幻象」的循環，好像馬凌諾斯基在初步蘭島庫拉圈的研究，總是循環著逆時鐘與順時鐘的交易，交易著沒有經濟價值的貝殼，但交易的背面則是人的一生對誠信的堅持。

逆時鐘不一定是逆流，順時鐘也並非是順流，洋流的本性就是曲曲折折的運行，浮游生物便循著曲折洋流的脾性扮演供給養分給不同區域魚類的角色，海面上是如此，海面下的內波[2]微生物也是如此運行的。我從小聽父祖輩們親口說，洋流經常是「平均分配」食物的掌控者，我也認為是如此，如是我們達悟人的共同信仰。深夜潮汐漲潮的時鐘，彷彿是我們父子之間心靈相遇卻不見面的橋段，破舊的水泥屋裡傳出漲潮中的歌聲，父親背靠水泥牆哼著傳說中、拉威那聚落岬角家族利用巨竹加麻繩釣到巨魚浪人鰺的慶功歌，敘述著那海洋裡

---

1 Malinowski（1884-1942），波蘭籍的社會人類學家，人類學民族誌之父，實證主義者，後來歸化英國。一九三八年離開倫敦政治經濟學院，前往美國耶魯大學任教，一九四三年五月心臟病發，享年五十八歲。

2 內波（internal wave）海洋物理學，指海面下的海流的流動的快慢受月亮潮汐的大小而變化。

「螢光鱗片」的一齣戲，浪人鰺魚身的鱗片，如是水世界裡深淺浮動的，多變形的月光，「螢光鱗片」因而成為岬角家族判斷月的陰晴圓缺，潮汐變換的具體物。父親哼著這首史詩古調的時候，歌詞彷彿彩繪了海面水世界的綺麗，我在樓梯間靜靜地聽著這首詩歌，古老的畫面彷彿就在眼前的感覺，是真實的，也好像是幻象。我因而特別的愛聽父親在深夜裡的清唱，每一夜每一夜的聽，「螢光鱗片」慢慢積澱在心海，如是帶我在水世界裡神遊，這種我魔幻似的幻想，多少也減緩降低自己在現代化生活圈裡的挫敗。當我也改用電腦鍵盤創作時，那「螢光鱗片」游移的幻象在心海不滅，終究成了自己的海洋古典文學的範本，故事的底蘊在心海碎化運行。

那條魚是真的曾經存在嗎？是真實的，抑或是幻象，父親說是「真實的」。我以為，現代的人已經被自然科學的實證主義折服了，眼見為憑，我的淺見是這樣的：有一年，我請求台灣海洋科技研究中心的朋友幫我列印從Google Map下載的夜間世界地圖，地圖顯示地表有七成以上的區域依然是黑暗的，七成的人類都常駐於燈火纏綿的都市。都會人對於日月星辰、風雲雨陽的感知最不敏感，都會人只相信科學數字的實證資料，把全球各區域的潮汐差異單一化了，這就成為了當下人的真理，對等之語，燈火纏綿以外的人類的傳說，固有價值觀視為怪誕的，荒謬的鬧劇，但我卻是特別喜歡如此沒有被自然科學馴化的，微傳統的軼事傳說，就像這個微傳說的「螢光鱗片」一樣，離自然科學的童話故事，最最遙遠。

從父祖輩們聽來的「岬角家族」的遺族基因已經碎化為我部落裡的七個獵魚漁團家族，迄今部落裡的這些獵魚家族已經碎化為彼此的疏離了，島嶼民族在近代歷史銜接的水脈已斷裂，也失去對「螢光鱗片」的興致，也許我可以做的就是把現代性帶來彼此的疏離感去找回反思的美感吧！我喜歡微傳說裡傳遞著「真實與幻象」的循環魔幻。

我願是那片海洋的魚鱗，隨著洋流、黑潮、月亮的圓缺、風雲、雨雪、天空的眼睛環遊世界……

航海，從蘭嶼到台東。

金恩巴的海浪

好久以前，我靈魂先前的肉體曾告誡我說：「孩子，長大後不可在金恩巴那兒的海域潛水射魚。」當時我人還小，不知父親說這句話的意義。二十年後，父親告訴我說：「在金恩巴那兒的海底有個天然洞穴，我曾經在那兒潛海撈過溺死的族人。」當他說這則故事給我聽的時候，我已經回蘭嶼定居，開始在金恩巴的海域潛水射魚，並且逐日逐月地喜歡了金恩巴這個地方。

金恩巴是一個獨立礁岩的名字，達悟語言的字義說是「被海浪斧削（侵蝕）的礁岩」的意思。然而從外海觀看獨立礁金恩巴，它卻像個有眼睛、有鼻子、有嘴巴、頂上有頭髮（羅漢松）的人頭。

連接金恩巴的陸地全是大塊的鵝卵石，面海左邊有兩個天然的海池，一道小海溝通大海，是大小魚兒進出的捷徑，於是小海池常是小魚兒棲息的天堂，父親說：「小海池常是我在凌晨夜間漁撈大鸚哥魚、大石斑魚的地方。」我回想，我兒時經常在凌晨被父親喚醒吃生魚片，那些魚兒就是從這個小海池捉來的，面海右邊也是一個天然的洞穴，夏末秋初更是海蛇浮生下一代的窩，阿爸說：「在冬末春初的朔夜漲潮時段，龍蝦便爬出礁溝，在洞穴裡的平台集體出遊，一把火炬的照明，龍蝦暗紅的眼珠如是天空的眼睛，動也不動地任你手掌捕抓。」然而金恩巴背面的坡地是一面很陡的草地，整年飽受海風的吹拂，於是草皮宛如是美拉尼西亞人綿密而蓬鬆的髮絲，腳掌踩上去感覺像是踏上雲端的舒適，然後，就在初春時分，野百合便從千孔的草皮根莖裡鑽出蒸發美麗，在二、三月裡綻放出全是面海的乳白花瓣。因此金恩巴是三面陡峭的地形，我測算走下去的坡度是七十五度到八十度左右，是人跡罕至的地方。

回蘭嶼之後我經常在這兒潛海，對於金恩巴的天然景致未曾在意過它存在的美麗，也不了解海陸生態的變換，就像我父執輩們的思維一樣，只在意潮汐潮水與魚類的關係。有一天，從我達悟人的禁忌文化而言，那一天是潛水人潛水射魚的最後一天，也就是說，過了那一天就不可以再去使用魚槍潛水射魚，因為次日就是我達悟人的飛魚招魚祭。

那一天滿潮的時段很晚，潛海上岸時太陽已入海了，陰暗的午後讓我的思路湧出，坐在礁石上抽菸，想著父親告訴我這兒的傳說故事，說是：「金恩巴是靈異的聚會所。」想著媽媽生前跟我說過的話，說：「潛海前，說出你是誰、你的家族，好讓金恩巴的遊魂認識你的靈魂，你的體味。」後來這句話成了我到現在潛海時的護身符。

前幾年，就在媽媽眼瞎，她眼珠的世界成為黑暗；父親的痴呆，日夜昏睡分不清早晨與黃昏後，我回到金恩巴，但不是在午後，而是凌晨的三、四點鐘。手電筒照明我的路，父親說，過去他在半夜來這兒抓魚，腳掌就是他的手電筒，我很難體會他這句話，但父親確實是如此辛勤地養育我與小妹子。

我似乎沒有預感，那一年的三月父母親同時離開了我。我凌晨

三、四點鐘去金恩巴潛海，為父母親抓魚，我想的除了是回饋他們在我兒時給我的芋頭與新鮮魚外，但彼時我內心底層卻是一股想攢入最為沉靜的場域，只有天籟的原音，海風與海浪。在凌晨，我孤寂的面海，右手邊是一個深邃墨黑的洞，每一波宣洩的浪，洞裡便發出低沉「轟」聲，如是惡靈酣睡的鼻音；左邊即是一尊人頭形體，彷彿是夜夜伴著我望海星空的真情摯友。如果說，有上帝的話，金恩巴就是上帝給我的戶外教堂，於是我一絲恐懼也沒有。海裡的黑，也許比陸地更黑吧，但我一個人沉醉在她的懷裡，在墨黑的水世界用一隻手電筒在水世界胡亂掃射梭巡獵物。一個人！獨自一人！原來，孤獨是幸福內臟，發覺自我存在（自戀與自卑）的本質。黎明降臨後，我立刻奔跑回家，為他兩個老人家炊火備早餐，午夜過後，我又獨自地再訪金恩巴，夜夜在這兒傾聽金恩巴給我的原音，也藉著它洗滌文明在我外形貼的標籤：自戀與自卑。

父母往生後，午後我依舊造訪金恩巴的海浪，我知道，我的父母親、大伯、我的五個祖父在這兒聞得出我的體味，還有我兒子的靈魂。

無數次的聚與離

無數次的聚與離是我們許多人與家人親友的共同經驗，就像花開花落成為自然生態既定的循環模式。人類文明的發展，如移動的交通工具的便利，使得聚與離的想像、思念，也如晝與夜似的被自然化了，而變得已經不是一件「稀奇」的思念了，甚至因為職業粗細有別的關係，延伸成久久久一次的相聚，才會稍有喜出望外之感。「職業」的差異，也醞成彼此間相聚、離別的情愫深淺的潮差。

我在蘭嶼國中畢業的時候，乘坐九小時的客貨輪才到台東，那九小時是我與父母親人生第一次的離別，時間感彷彿是九年的光景。對於青少年的我，在台東中學的三年時間，那真是想念家人的最美時光。每天都在思念父母親，媽媽的芋頭、地瓜，父親的飛魚、石斑魚……等等飲食習慣的轉變，更令我們許多人思念家人，舌頭巴不得就在想念的剎那間，食物端進我們嘴裡似的美好感覺。

父親說日語、我說華語，我們的語言翻譯成兩種不同的文字是行得通的，問題是必須找人翻譯，這是一件麻煩的事，於是內心裡彼此間想說思念的，想寫的信就存在心坎裡。三年畢業之後的思念，再次相見時，我長高了，父親變得一些些蒼老了，那時候，父親的話語也巴不得就把我達悟人所有的島嶼知識灌進我腦海，無奈的，華語漢字漸漸占據了我的思維，於是傳統知識與現代知識也是我與父母親之間，在思想產生了相聚與分離，想像世界的差異發生了。

從那一次之後的相聚與離別的交通工具，遊客貨輪變成了輕型的鋁製飛機，四十九海浬的鐵殼船的航時，是九小時；輕型飛機，是三十分鐘，於是航程時間的縮短，也是濃縮了「思念」的時間重量。一切的一切，是食物的轉換，由單一變多元、其次是交通便利的革新，跨越巴士海峽已變得輕而易舉了，語言也由純血統語言變為功利化的語言文字。自此族人的相聚、離別如是早餐、晚餐填飽肚子的吃的儀式，因而遺棄了傳統上呼喚親人靈魂乘船回來祖島的儀式了。靈魂飛翔的速度追趕不及鐵鳥的飛行。

蘭嶼機場的維護與擴建，讓蘭嶼與台東兩地的「機場」成為達悟族人的現在進行式，相聚與離散的「計程車」站，花開的美豔如是新生嬰兒的誕生；花落的淒涼也宛如是老者的仙逝，交通的便利也把人生的喜氣與悲憫轉化成短暫的聚與離，魚湯的鹹與淡的感官感觸。我們不得不說便利帶來了流星般的聚與離，感情線劇烈縮短。

手機的Line、視訊更是「解構」了空間的遠近距離，分解了白晝與黑夜的輪迴，「想你」，這句話，無論是對雙親、朋友、老師……哪顆情意濃的重量也都在分泌出疏離，時間、空間的遠近想妳的信札幾張，被Line一行字取代了。

「你們怎麼都不Line媽媽呢！」孩子們的母親說道。

「噔噔……什麼事呢，媽媽……」在台北的孩子寫道。

我姊姊嫁給外省人，在我國三那一年，用十行紙寫了封信給我們的父親，父親拿給我看，並問我說，姊姊寫的信紙內容，第一行字寫道；父親大人膝下：迄今……我還不了解漢字裡是否有「膝下」，這個詞義，在達悟語真有「膝下」這個語意，含意是指「孩子」，或是晚輩；所以我不知道，我姊姊用的詞是否正確，若是正確，我民族與漢族的語意上，是完全相反的。但無論如何，皆與親情有直接的關聯，親情相聚的那封信。

在蘭嶼比我大五歲的姪兒使用手機的Line寫道；「表弟，趕快來野銀部落我家，我要孝敬爸媽，買了一隻豬，過來幫忙兩下抓豬。」

「我要出海，你自己抓啦！」久久久之後傳來。

姪兒氣呼呼地跟我說：

「我努力存錢買豬來孝敬他們老人家，表弟卻說要出海，海不會跑，豬會跑啊！」

「肉，煮熟了之後，他會出現的，」我笑著說。

約莫中午時，「共聚共享」的某部分的豬肉煮熟後，他那位表弟出現了。他並沒有帶魚來換作吃豬肉，收禮的交換禮物，卻帶了許多瓶的米酒，說道：「不好意思，很多雜事。」自己乾完一杯米酒，深深的表示歉意的語言。他表弟跟老人家說達悟語，跟表哥說閩南語，跟我說英語（在達爾文港當台勞）。

二次戰後的星球，世界各地變異真如各區域大陸、島嶼的沉積地質的層次，發展出不同世紀發生天然災變的證據，人類文明發展速度的詭譎，讓我們喘不過氣來，即使最有肚量、包容的土地，在每一次的豪雨過後，水脈的上層被林立的大樓阻塞了它原始的通道，它也被人類馴化，失了準繩，土石流災難改變了地貌。速食般的文明流變，我們想著它帶來的方便，脆弱化了我們多數人的應變本能，短暫的相聚留不住血緣的親情，長時間的離散留下的是我們每一個人的孤獨。我因而躲進海裡，讓自己喚起過去我失落的思念。

飛旋海豚

海浪像是我脈動的心臟
從我誕生的那一刻起
潮汐般的貼在我的耳膜
母親如浪濤旋律的搖籃詩歌
一首古老的母愛　撫育家屋圓周的慈悲
以及
父親夜航划船的槳葉　舀起了水世界古老的傳說
傳說中遠古的魚精靈
雕刻在我心海的圖案
掐著我的夢

追蹤黑色翅膀迷航時回家的島嶼
在汪洋神遊　一尾偶爾叛逆的
飛旋海豚

亞格斯（祖母）給妳的達悟名字是si Nomuk，這是因為爸媽在妳出生一個月後，我們從台灣抱妳回到媽媽懷妳時的蘭嶼家，爸爸搭建在樹上的臨時屋。那個夏天恰是某個颱風來臨的前夕，意思說是「不畏暴風雨的小女孩」。

第二天清晨，外祖母披著迎接嬰兒傳統服飾從媽媽出生的部落，用方塊形的膝蓋走路過來探望妳。她抱著妳注視妳的笑容的臉上皺紋，僵硬得像是哥哥畫飛魚畫不好丟棄的紙張，而妳紅潤細白的臉，說，跟媽媽出生時一模一樣。她巴不得想用她缺了門齒的嘴咬妳一口印記，但亞格斯只是說說而已。之後，她面向東方的太陽，說了很長很長祝福妳快樂健康長大的祈福禱詞，外祖母給妳的名字是si

Ngalipereng「田產少的小女孩」，這是祝福妳努力念書、努力工作才不會飢餓的意思，這是妳出生後的第二個名字。「田產少的小女孩」媽媽喜歡妳這個名字，因為希望妳長大後能夠為人謙虛。妳的兩個亞格斯皆是出生在舊石器時代，沒有電燈、電腦、冰箱的人類，被她們祝福是我們e時代人的幸運。

這幾天我們蘭嶼下的雨非常的多，真的下得很大，爸爸坐在我們家進門的電腦桌，雨絲不時的被風吹進來，於是雨水滴滿了爸爸的咖啡杯，我望著屋外的大雨，腦海一直想著妳。小海豚，妳去了哪兒？

星期六那天，我和妳的小祖父，就是妳已往生的祖父的弟弟一同上山砍伐他這一生，說是給自己最後的禮物，當然也是送給妳表妹的爸爸，我的堂弟，以及妳的表哥傑夫卡奧，小祖父的長孫子捕飛魚使用的船。在深山裡，小祖父和我除掉他造船樹材周邊的雜草、低等樹種後，爸爸站在小祖父身後聆聽他對造船樹材的靈魂說話，我聽了很感動。深山裡，就我和妳的小祖父，山林的寧靜在秋季顯得很蒼鬱，樹靈似乎聽見了老人古老的虔敬禱詞，開始下著雨絲，爸爸此時也在為妳的失聯祈禱。小海豚，妳去了哪兒呀？怎麼不告訴爸媽呢！

就在爸爸砍倒小祖父的造船樹材前，他立刻的祈求，說：

Maka piya ka so i yangay a mawuknud do kapiyapiyan mo, ta yakona rarakeh a apowan.

「但願你的性情善良，倒落在美麗的地方，因我已是為人祖父的老人了，我親密的朋友。」這棵番龍眼樹比妳現在的年紀大一倍以上。

也許，爸爸沒有小祖父對造船樹材、萬物有靈的信仰深厚，也比不上他對海洋、對飛魚神的敬畏，但爸爸很虛心的去感受、去體悟人與自然相遇時的共生情誼。也許，妳還記得妳為了買十五塊的蝦味先而依偎在祖父身邊幫他拔十五根的白鬍鬚的故事吧，一根一塊，妳吃完了蝦味先就把祖父的大腿當枕頭睡，祖父像是溫馴的山羊低聲吟唱古老的詩歌給妳沉睡時遊走的靈魂聽，彷彿他把妳視為小男孩似的。

這是十多年前在妳尚未上幼稚園的事，後來在妳長大後，爸爸證實了祖父歌詞的意涵，他希望妳像男孩一樣堅強，結果妳的性格變得很中性，爸爸不知道這是不是祖父的願望，而我也未曾問過妳業已往生的祖父。他們共同的特質是我們現代人買不起的，對山林樹神、海神浪魂的信仰。

深山裡的雨下得愈來愈大，風吹得也愈來愈強，風雨給我們的感覺是那種天候惡劣的訊息，茂密的樹葉遮住了烏黑的雲，就像烏雲封住了晴朗的天空，顯得幽暗陰森，那個地點是Jijyakawyan，是我們達悟祖先最先造船的地方。當小祖父對他的造船樹材說些美麗的禱詞後，爸爸腦海裡想著妳在蘭嶼家的成長圖像記憶。

有一天的午後，爸媽與數位友人在家的前庭談天，妳忽然從婷婷家的一樓屋頂掉下來，掉到滿是鐵釘的鐵皮上，轟的一聲驚嚇了爸媽送給妳的心臟，我飛奔過去把妳抱在懷裡，妳不僅沒哭，而且笑著立刻站起來走路，結果妳跟爸爸說：「有一位姥姥把我接下來。」爸爸心裡想，我的女兒會看見靈異，祖父因而用雙手召喚妳靈魂遊走的儀式，說：

Imo wa pahad no apo kwam, akma ka so ayayipasalaw a matnaw so pahad, a macikiyan jya, a apo ko do tud.

「我孫女的靈魂，祈願妳像仙女鳥一樣純潔善良，庇佑從我膝蓋降生的孫女。」媽媽把妳抱在懷裡摟著妳、親吻妳，說：「我可愛的寶貝，妳怎麼可以飛呢？」這個故事，在妳長大到台北念書後，媽媽在我們租賃的家屋不斷的重複敘述給妳聽，妳聽得呵呵大笑，結果妳反過來親親妳微胖的媽媽，妳後來又跟爸爸說：

「我經常看見一男一女的影子在我們家的前庭陪爸爸。」我知道，那兩位是爸爸很早就往生，在五歲以前就去世的弟妹，顯然他們一直陪著爸爸流浪到各個島嶼。

雨下得愈來愈大，深山裡在造船樹材的周圍，我與小祖父清理乾淨，在茂密的熱帶雨林空出一小片的天，於是粗大的雨絲便直接灑落在爸爸與小祖父早已禿了毛髮的頭皮上。已八十又二的小祖父站立著看爸爸斧削去大塊的樹肉，他的眼神流放著與山林淬溶為一體的原始氣宇，於是雨水便順著他臉上歲月的刻痕流下落地。他過去與妳的兩個祖父，就是他的兩個哥哥帶著他上山伐木的記憶油然而生，就在滂沱大雨下親切的向爸爸述說了他們如爸爸這個年紀時的故事，那一串的歲月故事，妳的兩個祖父早已帶走到白色的南方島嶼。此刻小祖父向我敘述，這正是爸爸最想聽的故事。然而，這一刻的同時，爸爸也深深的思念著妳尚未成長健全的靈魂，妳的失聯究竟是為了什麼？怎麼連一通思念媽媽的電話都沒有呢？過去爸爸去台北做工賺錢，是為了賺考大學的補習費，熟悉了台北的街道，或者說是為了妳和哥哥姊姊開闢人走的路。妳究竟是怎麼啦？妳去了哪兒？難道妳忘了家的溫暖嗎？

一個飛旋海豚家族的爸爸探索附近海域要花許多的時間，在認為安全的時候發出平安的鼻音訊息，小海豚的興奮心情發出親情的音笛，隨著波浪流體貼近海豚爸爸，妳究竟是怎麼啦？妳去了哪兒？爸爸帶妳去台北念書，目的是為了妳們感受思念祖父母、思念爸媽的親情，而不是去玩失聯的遊戲。

妳小時候自然的爆炸頭髮型，妳恨死了爸媽給妳這樣的髮型，而不是像哥哥姊姊的直髮，妳懂事之後一直跟爸爸抱怨，希望爸爸帶妳去台灣把米粉似的髮型變直，然而爸爸暗笑在心中，媽媽也是，只有你的祖母贊同妳離子燙的願望，因為米粉髮型的確很難梳理，但爸爸卻愛死了妳的頭髮，就像疼愛妳那樣深的程度。所以還是帶了妳去台灣，去台灣買妳喜愛的芭比娃娃，代價是不要離子燙，因為自然是最美的，後來妳也就不再堅持了。

如小拇指般大的雨絲，重重的墜落到小祖父與爸爸相似的禿頭髮型，按摩我們的頭皮，最後小祖父向他造船樹材的靈魂又祈福，說：

Imo ya oya namen pirpirwahen a, akma ka so ayaipasalaw a pirpirwahen a, o ipangahahap namen, piveivanovanowan namen, kato mo miwalam do aharang namen do kahasan.

你只是我們取來造船的一般樹材，不是拿來雕刻的，所以孤魂野鬼請你們不要驚訝我這個老人最後造訪山神樹靈的行為，別來叨擾我斧頭的鋒刃，祈願你猶如仙女鳥般的善良，取你來實踐招飛魚儀式，捕飛魚用的船，你就安靜的在我們山林的灘頭等待我們再次回來陪伴你的靈魂。

這是你們的小祖父對大自然的情愫與體悟，醞釀彼此間的和睦與關照，他們從小醞成於生活體驗的啟蒙禱詞，世世代代的口口相傳。從這個視野思考的話，爸爸算是很幸福的中年男人。

如小拇指般大的雨絲，重重的墜落到小祖父與爸爸相似的禿頭髮型，淋著豪雨頂著勁風往回家的路途中，爸爸彷彿聽見了業已往生三四年的，妳的大祖父和祖父的祝福，雨絲宛如他們喜極而下的淚水灌入阿爸髮膚所有的毛細孔。

當爸爸回到了家，雨依然下得猛烈，阿爸濕了全身瞄著妳正枯坐在阿爸電腦桌前的藤椅上的母親，她口中使盡牙齒極限的力量，猛嚼檳榔怒氣沖沖的板著臉，用力吐檳榔汁，雙眼煞是雙刃的匕首刺射爸爸的胸膛似的，不等阿爸說句話，不說善良的詞語，劈著我的禿頭，說：

「你只幫你的叔父，不幫你家屋裡，那位幫你燃燒柴薪，溫暖家屋靈魂的女人，你心中若是如此的想法，無視我對家的溫暖真情，乾脆離婚算了。」阿爸聽了，忘記了在山林伐木時的疲憊，因腦海裡像是颱風來臨前長浪攪翻海底波浪似的沙丘，啞口無語相對，於是阿爸過了五十歲的禿頭恰似被驅除惡靈的鈍矛射中腦門，很痛，真的很痛。也許阿爸的性格是喜愛跟樹打架、跟海親近，是我偶爾忘記了妳媽媽存在的元凶，這絕對是阿爸的錯。阿爸瞬間蹲坐在爸爸殺魚的水泥地上，繼續的給雨淋，但是爸爸心裡想的不是「離婚」，而是——

而是，妳。小時候依偎我胸膛的小海豚，那位戴著爆炸的米粉頭的女兒，她，雁飛到哪裡去了呢？

回家吧！回家吧！從我膝蓋降生的女兒，我說在心中。

爸爸繼續給雨淋，久久後謊騙妳媽媽說：

「從我們膝蓋降生的女兒，貝貝，在凌晨來了電話，她說『她很平安』。」謊騙妳媽媽說妳來過了電話，目的不是企圖偏離她暴怒的風暴，而是拉回媽媽對妳思念的情愫，她最疼的孩子。

妳是知道的，妳的外祖母躺在木床上到現在已經三個多月了，媽媽每天晚上都陪著妳的外祖母睡，妳的名字是si Ngalipereng「田產少的小女孩」，是她給的。媽媽每夜細心照顧妳的亞格斯，就像過去亞格斯照顧妳媽媽，以及妳媽媽撫育妳一樣，是非常辛苦的，所以媽媽的生氣爸爸體會得來，但我不會要求媽媽說句「辛苦了你的肌肉」，因為阿爸的肌肉是用來跟樹打架的，阿爸的心思是用來思考妳小祖父的詩歌，用來思念妳，而爸爸的嘴巴不是用來吵架，是拿來跟妳說話，說些妳可以走的路。而妳，有在思念最疼愛妳的親人嗎？

阿爸又跟媽媽說：「田產少的小女孩在凌晨來電話了，明天我們去我們的水芋田工作。」媽媽的怒氣立刻被豪雨澆熄，吃檳榔的口勁也隨著檳榔成了紙漿後，恢復了如秋冬的海洋，寧靜而沒有皺紋的海

女兒們。

面，露出了思念妳的憂慮雙眼，淚水因而從媽媽刻痕漸漸深的魚尾紋溫熱的流落。

妳，從我們膝蓋降生的女兒，已經一個月了，妳雁飛到哪裡去了呢？

今天的凌晨，爸爸坐在爸爸殺魚的水泥地上，仰望夜空抽菸，缺了口的下弦月，在剛破曉的五點還有兩個天空的眼睛陪著她。Matnaw姊姊在電腦桌前，在妳的報台留句親密的語言，回家吧！回家吧！Rapongan哥哥前天坐船前往日本實習航海，在海上給妳航海圖。兩個天空的眼睛，還有那個缺了口的拱月一直緊貼著直到天亮後的五點三十分才移動到西半球，而後爸媽在太陽出現前到祖父留給我們的芋頭田工作，和有靈魂的土地工作，是思念妳唯一的方式，從我們膝蓋降生、剛剛過十七歲生日的小女孩，妳究竟去了哪兒？爸爸好想妳。

早晨與晨歌

女兒租屋處的窗外剛好是一所中學，而我正在努力寫小說，忽然聽見學校師生正在舉行升旗典禮，忽然聽見學校播放中華民國國歌，以及國旗歌，我錯愕了好幾分鐘。我這個世代的中老人學校生涯，不分族群，不分中心與邊陲，每天都在「舉行」升旗典禮（請勿扭曲解釋），我要說的是，我們學習「中文」，我的第二語言，我第一個語言，祖先的語言，它是讓我親近海洋，擁抱海洋影音世界的語言。「第二語言」中文，是讓我從文字認識這個世界地圖，這個世界的多元歷史，拓展我視角的語文：假如我可以說，這個「國歌國旗」宛如已是當下的最大「禁忌」，無論如何說，這個升旗儀式於我的記憶，對我的小說有很大的幫助（請勿曲解）。我再看學校旁的一些建築物，忽然眼睛視覺敲擊我的記憶，我曾經在那個建築物扛鋼筋蓋房子（房子不是我的，但我是做苦力，賺苦力錢），後來拿這個苦力錢去南陽街的台大補習班補習，四年（一九七六至一九八〇）都在做苦力，賺下一年的補習生活費，大太陽，燙燙的鋼筋，那是為了生存淬煉了我肩背抗壓性，深化了我心裡素養的質感。

數月來，我與兒子努力建造我們的「黑潮親子舟」，在我們的地瓜園建造，此地瓜園就在蘭嶼國小邊，此過程我們賣力苦幹造船，我們卻聽不到學校唱「國歌」，看不見升國旗的典禮儀式，今早我卻忽然看見「升旗儀式」，百感交集。我於是自己觸摸自己粗糙厚繭的「手掌」，是自己淬煉自己的證據，雙手是蓋我家的雙手，也是為父母親、家人抓魚生存的雙手，也是造船的手，也是墾荒種地瓜芋頭的工具，身體進入雨林環境，潛入海洋水世界，也是遊蕩在都會的身體，觸覺原始環境，體感都會變遷，然而我也運用雙手「翻譯海洋的情緒」，運用雙手翻譯我的語言成為華語漢字的「海洋文學」。那個建築物，剛剛的升旗儀式，淬煉了我包容的多元功能的雙手，此刻安慰自己說：我的雙手是一張粗糙的樹皮。

女兒買的書

日本籍的教授下村作次郎是研究台灣文學的學者，也是翻譯家，與魚住悅子（目前在努力翻譯楊翠的小說），他們兩位戮力推薦台灣文學給日本學界，令人敬佩。前年日語版的《大海浮夢》，由下村教授翻譯，獲得「異質（異托邦）文學獎」。幾位評委跟我說，此獎的意義，在於挖掘「異質」文學的新視野，少數作家突破城市文學的體感，嗅覺，觸覺，視覺，landscape to seascape，很感謝他們的嗅覺。在二〇一五年，下村教授開車帶我去參觀佐藤春夫紀念館，以及夏目漱石在熊本的故居。我個人嗅覺到日本文學家某種「寧靜」的踏實感，此體感剉破了我個體的浮夢漂移，感觸無限。

女兒的小小租屋有冷氣，在家，我老人獨居處沒有冷氣，熱天時，我睡屋簷，蚊子是我的鬧鐘，臥薪嘗「蚊」，昨晚睡在女兒有冷氣的小客廳，冷氣讓我皮膚乾癟，起身觀賞眼前的水泥叢屋，忽然看見這兩本書《誰在暗中眨眼睛》和《睡眠的航線》（她喜歡文學，敬仰瓦歷斯、藍博洲、向陽、楊澤、但不會看老爸的書）。我隨性閱讀幾頁，我的重點是：漢字怎麼可以如此的行雲流水，反觀自己的漢字語氣如是坑坑粗糙的浪紋。哎！對自己說的。孩子們長大，她會買文學書，有深深的感動。不看老爸的書是好事，會阻礙她的文字語彙的波浪紋。

最後孩子們都分居。四十三年前，我人生第一個一間租屋在師大的潮州街，四十三年後的今天，我們分居了。老人二十歲那年的一間租屋，都是北漂來補習的，房間裡只有一張上下鋪的鐵床，一張桌椅，開始了自己的茫茫人生，有個古老的民謠傳進耳膜，於是人生初次感受難喻的疏離，那一間似是城市監牢，環視皆是「壁」，以及壁虎，那時開始喜歡壁虎。

女兒的房間沒有壁虎，於是想著還是早點回蘭嶼，這兒的「門規」令我非常不自在，疏離感濃厚。

若是孩子們結了婚，人生曲目終究會降臨。壁虎不存在，是因為都市沒有蚊子。

母親節

那年三月，當靈魂先前的肉體（父母親在同月仙逝）航向白色的島嶼（達悟人傳統信仰裡的「美麗世界」）的那一時刻，我終於學會了，體悟了大伯的一句話：「揚起你們的船帆（sahayip a Vilad），航向太陽升起的方位，當夕陽西沉的那一刻，白色的島嶼就將浮出海面。」大伯告訴我，土埋靈魂先前的肉體的那一刻，說這句話，他們就會抵達美麗的世界。

身為他倆老人家的獨子，適逢大小島各自文明在不對等的對峙，許多大小事務，兩代之間沒有選擇輕重，只有均衡照顧，奔波在西太平洋的海空，為上下兩代之間，盡養育與培育的職責，一九一七年生的雙親，一九八六年之後的三個小孩，我們在那些年沒有父親節、母親節，但那些年的家，只要我獵捕新鮮魚，有鮮魚熱湯的日子就是「節日」。假如我可以說：這些年的空運，台東飛來的「蛋糕」成為當下蘭嶼人孝敬父母親的符碼，孝敬的儀式如今已是劣質的蛋糕了，也是取代長年「離散」核心價值。昨日太太與兒子撤離台北回到祖島的家，母子倆沒有帶蛋糕，而我也只有「母親節健康」的一句話。我不曾為父母親買過「節日蛋糕」，因為他們不吃蛋糕，但我永恆記憶父親告訴過我的話（當時還勇猛的潛水抓魚）：抓魚，先抓媽媽、太太、女兒們吃的真正的魚，所謂的女性吃的魚，然後才抓不好的魚，男性吃的魚。在母親的佳日，世界是「母系社會」，祝福女性的朋友們，平安健康。其次，父系社群某種意義是「獸性符碼」，台灣某個社群分家產不分給女性，說是潑出去的臉盆水，這是歧視論的起源。

而我也必須說：孩子們的母親的「節」，祝妳健康，跟我生活三十餘年，辛苦了妳，妳睡主屋，我睡柴房。

我的一生沒有買過蛋糕給父母親過父親節、母親節。

家

回到蘭嶼家，「家」給予每一個人是最溫暖的島嶼，家屋創造著每一個人對於世界的情感情緒，它就是我們每一個人創造人性的星球。

這些年有些香港讀者因「偶遇」我的小著作來到蘭嶼，謝謝他們的相挺。身為小島嶼作家，自稱海洋文學家，被認識的背後，作家應該給予社會什麼呢？對於我而言，是在尋求「對話與創造」的多層次想像。

波動的海洋是孕育自己的經典世界，這句話或許有很多朋友們不解。一位香港朋友回答了我說，他不會游泳，但蘭嶼的海卻誠實的邀請他碰海，他跟著我姪女的先生浮潛，「哇，水世界原來會帶給人們美麗的想像啊！」

我不知道，他中大畢業了沒，無法得知。他抱著我幾本書，說：「我要回香港念書了，你的書就是我的海洋。」

今夜我無法入眠，即使黑夜給我午夜的藍調，即使書房窗外的鮮花飄逸香吻，即使門外也飄著柔軟細雨，即使漂泊的旅人抵達了終點站，腦海裡反覆思索著這個星球，究竟有幾個可以堪稱是「偉大的城市」？可敬的孩子？

海洋的年輪似乎是人類最有可能無法計算的。父祖輩們在我幼兒時期，早已在我心魂雕刻的海紋責任，就是「造船」，說是為了招飛魚的祭典用途，然而祭典儀式背後的海洋文明智慧隱藏著人與生態環境的相容永續的經營。

我帶著兒子、同學的兒子上山伐木，讓他們見習山林的驚豔。哇，怎麼那麼陡。是的，上等的造船樹材生長於陡峭的山峰稜線。他們很喜悅的挖出樹根原形，一棵樹在山裡的雛形的生態樣，看出了它的堅實樹肉，回到家再慢慢地用斧頭削，最後這根樹身，變成了這個樣貌。之後再慢慢上山伐幾十棵樹，才可成為一艘船。

感謝兩位孩子們跟我一同見證「樹魂」的氣質。

進入山林，見證「樹魂」的氣質。

召喚飛魚

「一個已為人父的成熟男人，要牽著孩子的心靈上山伐木造船。」這句話是我父親給我的最後遺訓。

島嶼的第一場雨

雲，從南邊披著黑色外衣，在汪洋海上低空凌飛，她下著島嶼的第一場雨，像是少女被風情掀起的黑裙，一場短而急的小雨。

我的期待，她卻是失落在海上，島嶼的土壤在嘆氣，感嘆一場雨像是爺爺的一泡尿水，雨林正在興奮吸納的時候，爺爺已拉起了丁字褲，瀟灑的消失了，徒留溪水的長嘆茫然。

「二〇二一年的第一場雨」，比平時來得晚些，但沒有改變獵捕飛魚結束的季節，風與雨原來就是宇宙間一同飛來飛去的最初戀人，難分難捨，在小島帶來甘霖，在城市帶來災情。

「二〇二一年的第一場雨」，灑落在我的書房鐵皮屋，像是紐奧良某個Pub，一個剛出道的藍調歌者，沒有奔放豪邁的情緒，也沒有失魂失落的嗓音，卻散發出雋永而滄桑的沙啞聲。我因而出去淋雨，品嘗第一場雨的水珠，穿透我眼珠視覺裡的那片海洋。

洗網與收網

一個忙碌的飛魚季節即將結束，與兒子的雙人舟終於出海獵魚，成績平平。從拍攝記錄片的視角來說，算是做到了我們期望的程序。划船捕魚，刮魚鱗，解殺飛魚，曬飛魚，燻飛魚皆已入鏡，接著是潛水獵魚，年紀有了，只能期待「僥倖」射到魚，與此同時，更是趕緊寫作的時間。疫情當下，島嶼車聲頓失，多少是平靜下來，也更希望疫苗快來，能普遍施打布衣百姓，讓疫情降低，恢復人們的活力生活。小島的環境保護島民多多，但還是「防疫」為要。結束，也是期待魚季的再來，唯有不變的是，追求提升自己文學作品質感。

洗了漁網，收了漁網，明年再撒網的時候，我開始預感，與墓碑的約定，將漸漸接近了。

飛魚祭

或許是家族教育之關係，父親還在世的時候，他主動上山，來堆疊乾的龍眼樹，在飛魚季節的時候，我們就從山谷徒步來搬運，說是沒有被乾柴燻的飛魚是「輕浮的」，也是象徵懶惰之輩：燻過的飛魚呈現暗黑，說是「穩重」，說是尊敬飛魚身。

我因而習慣搬運乾柴龍眼樹燻魚、燻豬肉，這幾年，兒子回來了，也就由他來擔當。

島嶼民族還在依循獵捕飛魚的活動，惟獵捕飛魚的策略由黑夜轉為白晝，快艇取代拼板船，自給轉為販售。獵捕團隊被分類為「大聯盟」、「1A、2A、3A」之等級。飛魚乾、大魚等等曬在家屋，是象徵屋魂的旺盛，對於我，更是「海洋文學家」必須具備的充分條件，我們住在各自不同的「星球」，各自詮釋自己所認識的「區塊鏈世界」。兒子的回來，他已經可以獨立解殺飛魚，省了我許多的體能消耗，這是在地教育的再生，等天氣好轉，我們再使用我們的拼板船，做最後獵捕飛魚的儀式，這就是另類的「大海浮夢」。

傳世經典《理想的讀本4》（一爐香公司出版），節選了本人的《大海浮夢》，十分欣慰。

全球化政經横行的當下，我們或許沒有能力關心國際政治的「變化局勢」，但我們十分關心，我們島嶼的「魚季」，實質上，它就是我們民族的「海洋信仰」。我們祖先說過的口述話語，我盡力轉譯到我的文學書寫，留一些民族的記憶，「大海浮夢」的專利。

在人類宇宙的平行世界，我們各自表述居住在「不同星球」的生存面面觀，沒有優與劣的文明展演。在平行的宇宙裡，都市正在進行與土地爭深度，與天空爭高度。

我等進行與海洋的親海性靈，飛魚乾、鬼頭刀魚不敘述她的美味，而是在詮釋，我把我家的庭院視為「汪洋大海」。我等慶幸，在平行的宇宙裡，我們獵魚的活動是大海的行動劇場，夜航時我仰望天宇觀星，回航我刮飛魚鱗片，彷彿是摘下繁星當作銀色鱗片，但我不解飛魚鱗片是否多過星空的眼睛。祈願天神，降下仙女下凡，驅除疫情的病毒，讓人類社會再度祥和。

這個「海洋民族」，或許你們不怎麼習慣如此稱呼「我們」，若是，因為你們無法想像我們如何過「一整夜」、「一整天」，或「四個月」的飛魚季節。你或許厭惡本人習慣「誇耀」我們獵魚的照片，然而事實上，我們在海上獵魚的影像比照片更精采。小蘭嶼是我們實質的與精神面的漁場、時光隧道，獵魚技能，獵魚工具，獵魚組員，漁貨出售……還有更多的體能耗盡，我則轉換成「經歷」的知識，是身體在先的本質論。今年我第一次白天獵捕飛魚，十分精采，卻不能入鏡。我想說的是，獵捕漁夫的組合，逐漸浮升「階級」，從屬關係。

季節的節日循環想像

多少個季節，就這樣來了，也這樣靜靜的走了，於是人們又在期待下一次某個節日的來臨，人世間從未有一個民族的祖宗企圖阻擾時光的流失，但也無心的讓時光飛逝。星球裡的不同膚色的人種，在不同的南北緯度，各有各地宗教起源說，還有數不清的大小節日，來娛樂自己，深山裡的河流民族，大漠上的游牧民族，蕞爾小島島民等等，無所不有，節日因人們參與的多寡，因氣候差異，分出了淡季、旺季，有些民族歌頌天神、山神、樹神、荒漠之神、河神、動物神，我個人都見過，聽過我曾走過的民族聚落，真是讓我讚嘆。在我出生的島嶼，蘭嶼生出了魚季，飛魚神、海神，以及我們的天神。

我認為，各民族各自建立的所有的神，從起初的恐懼，畏懼妖魔之後，僅僅是求平安，之後求財富，求高官厚祿，求子女步步高升等的跟神要許多許多的「求」，求之不完，日日祈求，那是人們從恐懼到貪婪的循環心境，無病呻吟，無財求財，招財進寶，廟宇神明為納財，驅邪為中心，而西方教會教堂異於東方神觀、靈觀，卻也各自發展了廟宇、神社、教堂的「藝術」的工藝展現。西方人的聖誕節子夜彌撒有其莊嚴、肅穆的一環，媽祖繞境儀式有其壯闊的場景，這些我都參與過。日本的神社、穆斯林的清真寺等等，也必須有許多節日節慶，團聚教友的情誼，真是令人目不暇給，張口瞠目。無論稱之奇風異俗，或是異俗歪風都是可以成立的，不需太多的偏見解釋，或者讚美一神論，當然我是多神論者，或者是自然主義者吧。我夢見過，天上神明有很多種類，祂們的膚色也很多樣。

對我這個年紀，二次戰後十年的達悟人來說，我們還來得及趕上父祖輩們的「野性宗教」，我所謂的野性之意義是，沒有受到東西方宗教觀影響的，島嶼初始的宗教儀式，我個人認為，這是我的榮幸，意思是，我民族的多神論很早就深植於我心海。雖然我的父親後來受洗為天主教徒，但我觀察父親有生之年的信仰執著於他的傳統信仰，聖誕節對他無意義，聖經裡的西方福音，他一絲感悟也沒有。

達悟人的祖宗創造出了漁獵的季節，因此有了黑翅膀「飛魚神」的崇拜信仰，父親從我小時候，就灌輸了飛魚神話的故事。神話故事，必然在後來有了它的節慶節日。

五十多年前，我們島嶼各部落灘頭，冬末的招飛魚祭典是我們民族最為盛大的、莊嚴而肅穆的儀式，部落裡所有會走路的男孩、男士全都聚集在海邊灘頭，面對海洋，聽訓於各個獵魚家族耆老舵手，傳授四個非魚汛期獵捕飛魚的「禁忌」，以及獵魚的「秩序」。每逢此節日的來臨，孩童們心靈如是面對一片汪洋露出被傳說的潮汐馴化的謙敬，這正是我們民族的海洋文化，海洋教育的起始，從小男孩被潛意識訓練必須面對大海的教育。對於我個人，我坐在我家族的大船裡，當時我已仙逝的祖父的兩位弟弟還健在，由他們帶領他們的姪兒們傳授祖先們的海洋經驗、海洋知識、民族傳說、部落史、家族史。那兩位叔公出生於一八八〇年後，歷經日本、台灣殖民的前輩，然而那個世代的達悟人除去不受外來殖民政治的影響外（被同化視為畢生最大極限的恥辱），他們潛意識裡的想像幾乎就依賴海洋生存的心靈信仰、環境信仰，我一直跟他們——我家族的父輩男性生活到我去台東中學念書。他們遺留給我的心靈信仰就是泛靈（多神論）。我民族的每個節慶如同其他世界各地數不清的，尚未被現代文明赤化、馴化的「弱小民族」相似，節慶節日的真本質就是海洋、魚類、陸地、食物等等之就是環境的共有財，我們只暫時使用，而非轉化為「私有財」。達悟人透過節日的不同，食用不同的魚類（海），不同的根莖食物（陸），這種分類的民族知識、生活習俗，外邦人乍想似是荒謬，然而我們在不同季節的節慶卻是呼應「島嶼氣象」的脾性（季節變換），呼應女性的陸地根莖食物，男性的海洋不同類科的魚類的食物聯姻，男性女性間互敬的泉湧契約，這是我島嶼島民的潛在特質。

這個星球在大航海之後，西方白人建立的帝國，現代化國家，自然科學等帶給世界許多福利，此便利福利是後來的人類無法還清環境原貌的災難。相似的想像，東西方殖民母國帶給許多的弱勢民族的福利與災難更是數不清楚，全球化的洪流公約化弱勢民族的節慶節日，或者內部自行刪除與居住環境的儀式契約；達悟小男孩被潛意識訓練必須面對大海的教育，轉換成漢族舊曆年的「壓歲錢」。

如今回眸回首，部落灘頭的海平線依舊堅實的長存，招飛魚祭典使用的大船成了陸地上裝飾物，夕陽之後的明天旭日，地球依然繼續自轉，我究竟還可以堅持多久，傳統節慶節日給我的環境信仰呢？

牲禮儀式了心願

我的民族宰殺牲禮如豬、羊必須有「理由」，無論你的理由是什麼。昔日飼養迷你豬受制於天然飼料的缺乏，於是母豬生了許多小豬之後，都會在重要的傳統節慶宰殺，這是我們聯絡親屬感情，彼此分享的禮俗。把羊放在野外，讓羊群自力更生吃野草，每日也都必須與牠們見面，來維繫主人與羊群的情感。羊頭由於是達悟民族「造島」的神明，在達悟人心中的宴請價值遠遠勝過豬隻，宰殺羊頭因此較為謹慎，理由更為充分，如初次為人父母者，殺羊更勝於殺豬。民族發展演進至今，我們這個世代的達悟人依然承繼如此的傳統信念，而我也不例外。這件事情在我心海深層潛行了七、八年，耿耿於心懷，愧對兒子的靈魂，必須以宰殺牲禮儀式，來了為人父母的「心願」。

「故事」是這樣的：二〇〇九年兒子大三升大四，因為他念的科系是航海科技學系，必須在某家航運公司，在五大洋實習十三個月，才可得該學科的學分，從「移動的洋流」的，我個人的對兒子的願望，更是如此地從海洋來看陸地、諸島嶼，心中填些海之魂的經歷。

在此之前的一九九八年，兒子小學畢業，我無預警的帶他從蘭嶼飛去台北念國中，而我並沒有問他的意願如何如何的，在兒子初次開學那天，他穿著學校制服，從租屋沿著羅斯福路三段往學校走，沒有父母親陪他去學校。

我說：「兒子，你一個人去學校，好嗎？爸爸要回去照顧你的祖父母、媽媽、妹妹們。」

兒子並沒有回應我，只低著頭走他該走的路。一個身高只有一百三十二公分的原住民少年進入北市某國中就讀，那是他認識的世界比「海洋」更陌生的都會環境，我卻讓他一個人獨走上學，時間維持兩年；而我不曾思索過兒子會不會學壞，也不曾問他的狀況如何如何的，甚至不曾關心過他的課業，這是我和他的母親欠他的陪伴成長。那天，我在羅斯福路上目送他，他低著頭走上學，我流著淚痕，說：「兒子，願你成長的心魂就像花崗岩那般的堅硬（達悟語）。」

然是，時間點卻也發生在年邁的雙親、岳母等更需要我的「魚」來回饋他們身體的營養，用鮮魚湯回饋他們在冬天的體溫，回饋他們教育我們達悟人的宇宙觀、環境信仰、節慶與民族傳說等我在華語學校學不到的島嶼知識，我只能說，肉體與精神切割成兩個不同世代的半球，承受南北半球的溫差，在摩登與原初之間鑿個自我平衡的據點，如同我們的島嶼自然地承受風暴，炙熱的淬鍊。

二〇〇九年的父親節，兒子與一位同學從台北，飛往首爾，再到天津，開始了他在海上十三個月的生活。船籍是中鋼十六萬噸的散裝船。回到台灣之後，十三個月究竟是如何在海上度過的，我的遺憾是，我也沒關心過兒子的種種。彼時，他如是被驚嚇的青年變為寡言。有一天，兒子在我與他母親面前稍稍淺述他在海上的驚魂遭遇，說：「我們的船很大，船面高出海面約莫十公尺，有天我一個人在甲板上掃地，然而甲板上沒一根護欄的柱子，只有一根在我掃地的身邊，忽然一波駭浪重重撞擊船的側面，瞬間船身傾斜，我立刻的被甩出船身，我的反應也即刻地抓住那根桅柱，我旋轉三百六十度的又回到船甲板，我的心臟快吐出來了，我想到的就是爸爸媽媽⋯⋯，還好又回來了，那時想到爸爸在我出國之前，為我祈福。」

聽完兒子的淺述，那一刻我的心臟也在喉頭卡住，清澈的流下為人父的深海淚水。從那一刻，我開始為兒子「堅硬的靈魂」籌備祈福的心靈儀式。

我家後院是堂叔侵占我們的土地，養了二十年的豬舍，以及鄰居們隨意丟棄酒瓶三十多年。請堂叔移走豬舍，開始整理約是一個籃球場大的空地，花了四年的時間，爾後再請姪兒用輕型鋼搭建鐵皮屋，一間是燻飛魚、豬肉的「火房」，一間是我的工作室書房，然後再好好整理四周環境，與兒子從海邊扛了許多的石頭砌牆，於此同時，再上山伐木備柴炊火。

帶兒子去台北，只企盼他完成大學課業，再帶兒子回祖島家，我們在許多島嶼的移動，都讓我們遇見了南北緯四十五度的長浪，南北緯十度湍急短波的巨浪。「海洋」讓我們父子親身體悟到「人」的渺小，此時的我，回憶兒時從祖父口中得知「人頭羊身」是我們傳說中的「造島者」，羊兼備神聖的、高雅氣質的傳說特徵。我帶著兒子去抓好友的羊，說：「兒子，這頭羊是你的，你環遊世界那艘船就是島嶼，傳說中的祈福詞，就存留在我們的海洋基因。」

「孩子，你的靈魂回來了。」

兒子低著頭在如是山巒起伏的礁岩區，牽著羊角獨走，我心中的記憶，「造島者」；我似乎記得祖父說那個傳說的形貌，成為我個人的古老傳說。

「兒子，那頭羊是你的，我們回家做回家的儀式。」

這個儀式，了了我此生最深層而最想完成的「心願」，願我們身體如花崗岩般的結實、堅硬。

樹與山，我們

父親手上握著鐮刀，背面揹著自製的、如是登山用的背包，我們沿著山谷走，說，這是我們家族再造十人大船時伐木的地方，我們在不同的山谷，不同的山林區域伐木。你跟著我上山是讓你知道，山林的知識、山林的靈氣是你在台灣求學學習，學不到的知識與經歷不到的身體感悟。

兒子，這座山谷是我們家族共有的林地，那兒有許多可以取來造船、建屋用的好樹材。兒子上山不是只為了伐木，你也要學習尋材、辨材、賞材，及種樹……。翻越山谷走上山脊的稜線，羊腸小徑非常明顯是「人」經常來此山頭爬山，在山腰裡整理自己的樹材，或是伐木。我一往上看，那幾乎是六十度、七十度的坡度，我氣喘如豬，心臟跳動得急速。兒子，我們慢慢爬，你在台灣生活久了，平原的都市不僅讓你沒有體力，也讓你忘了我們島上的樹與山是讓你呼吸順暢的。是的，我心非常的認同。接近一小時的時候，我們爬上了山頭的緩坡地，到達了父親三兄弟開闢的山林，父親坐了下來，四周觀望他熟悉的山林環境，我生命起始最為陌生的樹與山。建物，造船，結婚生子從學習使用斧頭伐木開始，這是完全不同的價值觀。那時我已經三十三歲了，父親七十三歲。

樹成長於山林裡的任何的角落，山谷，山脊，向陽吃風，背光吃雨，不同類科之樹種各自盤據自己的生存小區塊，吸納土壤水分的同時，也努力成長吃陽光。父親為我這個獨子著想，從我十歲起，說是我的靈魂可以被山林樹神認識的時候，便帶我逛山，進入山林見識野性學校，我雖然年幼，但卻是很早熟的注意父親在山林裡的神情氣宇，以及他們那個世代赤腳爬遍山頭，伐木建屋的過往事蹟。山頭河谷的不同地方，說，也有不同「部落」之鬼魂盤據，如榕樹，白榕樹是鬼魂的聚落。彼時父親說什麼，我皆信以為真，堅定不移，認為那就是我們島嶼的、自古以來建立的環境信仰，成為我現今的中心思想，「生態物種，魚類生態」的多元就是我那時就已建立的核心思想。此等信念，在我四十二歲之際，履行了父親傳授我的傳統信念，說是，一個成熟男人，在建立家庭後，必須為自己建造一艘船，同時也是具體證實自己的多元信念（每一個人都是生來平等的），在深山的伐木，民族的生態環境信仰，民族生態知識，生活哲學，於是如風雲細雨的植入我個人的內心世界，更具體的感受了「樹木」的生之靈之存在（一般人之認知，說是生態保育概念）。

物換星移，風雲丕變的節氣是不為人類留下蠶絲情感的歲月，父母親走了十來年，此時的我，我與孩子們的母親之年紀忽然卻跳躍至六十以上，一時警覺兒子已齡三十。思索，反覆的思索，那一道流傳在自己血脈的海洋基因，那一股深深的忽沒忽現的，被現代化逼退到生活裡最為邊陲的「傳統」，在我心靈軌跡漸漸復甦，深夜我流著淚，淚讓我感覺它是有痕跡的。

Ka syamen kwa rana no Ta-u yam, kavangen rana o anak.

「一個已為人父的成熟男人，要牽著孩子的心靈上山伐木造船。」這句話是我父親給我的最後遺訓。

「我會的，」我說。說完這句話，以及實現這句話，時間間隔十五年。期間不是我等兒子長大，或是兒子等我啟口，而是我的心情準備了十五年，那些我預備需要砍伐的樹材也成長了十五年，時間讓它們更為結實、粗大。

月光不僅僅時隱時現，它也一直是磨利催人老的雙刃劍，島上的好友們，關心地問我，說，海洋的波風波谷如是海洋的心跳，族人使用快艇愈來愈多，然而我們的心靈並沒有感受海洋變美了，說，還是Tatala（拼板船）的雙槳如人的雙臂在海面滑行，海洋的寧靜美方凸顯出來，你何時再次造船呢？

山如是沉默的祖母，風如是啟動揚帆的動力，月的陰圓如女人的情緒，海浪如是嘮叨的祖父，我繼續沉默，雖然海洋、山林是我心靈

帶兒子走山林的路，也是實踐傳統造船技藝，過程中唯一的功能就是「學習」。

裡的書房，但也必須先建立燻飛魚的火房，以及書房，最後還必續建築一個造船屋，並且還必續開墾一兩塊水芋田（水芋是我家人在陸地上給新船的禮物）給我孩子們的母親。許多心理的、體力的、信仰的都需要時間準備。我回想著父親三兄弟還在世的時候，他們過往給我的傳說故事，他們過去伐木造船時，我過去對他們的記憶，我個人的記憶回顧，每每可以讓我平靜，讓我進入他們那個世代不受現代性干預的情感。最後我帶著兒子，先給他心靈的第一課程，就是練習握斧頭，學習磨利手掌的工具，斧頭。我靜靜地注視著兒子，給他時間心理的準備；孩子，我們造船吧！

今夜出海捕飛魚

海洋，飛魚，對於海洋民族的達悟人來說，那正是我們的生存哲學、生活美學，它一直是傳遞著盼望、期望的循環因子。一九三〇年以前出生的，我的父祖輩們，在二〇一七年的此時，幾乎皆已升天作古了，包含我的父母親。然而，一則達悟創世紀的飛魚神話故事流傳的海洋漁獵的秩序，禁忌（我稱之海洋法則）就如山谷裡的涓涓溪水般的，繼續深化，傳承在我們的海洋基因裡，某種海洋律動的主格牽縈著達悟男人的心魂。雖然島嶼逐漸邁向現代化，傳統信仰的轉換，但是海自己的信仰，飛魚本身的導航系統，依然是遠古的特質，在蘭嶼島南邊遊戲產卵，於是也傳遞著不出海獵魚的、不會造船的男人是低等男人，此話也成為某種不變的傳說，安洛米恩的說詞是「殘障男人」。

時光的隧道是被所謂的現代性帶給我們島嶼許多的便利，族人適應現代化的高度與低度不依據個人涵化過程裡的教育程度，而是很單純地繼續傳遞著古老的遺訓「我是男人」，我必須出海獵魚，繼續運用身體書寫著「流動的海洋文學」，傳遞著盼望、期望的生活美學，散播海洋的歌聲。

我的部落依然有十幾艘的拼板船，一艘十人大船。每年飛魚汛期的第三個月，稱之papataw（鬼頭刀魚月）的第七天，族人俗稱是慰勞男人的日子（minganangana），其真正的意涵是「航海日」。第八天便是mipuwag，就是祈福節，祈福海洋繼續豐腴多元的生物物種，祝福節，祝福家屋家人，田產，森林，部落族人健康、平安，這是我們傳統信仰的符碼。這一天的夜晚即可大量的獵捕飛魚，徹夜不眠。

今年我與兒子正在建造給我們父子人生的第一艘拼板船，也為我做父親給他的成年禮物，就如一九九〇年父親帶我做一艘船的意義等同（父親曾經非常嚴厲地跟我說：我要詛咒不建造拼板船的男人）。

此時我還沒有船，於是借用外甥的拼板船獵捕飛魚，他有快艇可以捕得更多，更快，更省力。我把漁網拿去出海的灘頭，然而部落裡有拼板船的男性幾乎都已經與有快艇的親友、兄弟預約好了坐快艇，獵捕夜捕初航的飛魚。

我個人特愛，特別喜歡初夜初航划著拼板船獵捕飛魚的感覺，以及成長過程中的記憶感動，那種存在感是深層的古老感動，是拒絕現代性馴化的原初本能，我的幸運感觸是成長於這個小島，父祖輩們傳授「海戀」的古老基因。傍晚時分，已是夕陽落海的時刻，部落灘頭上只有孤獨的木船，不見船主，某種海浪浪濤宣洩於灘頭的濤聲，亙古而倔頑的不改變，改變的是人類。人類似乎循著「便利」的捷徑捕獲飛魚更多、更省力、更省時是當下的趨勢；微傳說、微傳統、微倫理自然在便利的驅動下，退為記憶體裡的遺忘遺棄的對象。我獨自一人在灘頭等著夕陽落海之後的灰暗，深層的落寞感頓時襲上心坎，心頭轉回昔日沒有機動船的歲月，所有部落的男人在灘頭或早的，或晚的整理飛魚網，漆黑的膚色似是白腹鰹鳥般的，在海浪面前謙卑的啟動雙臂、雙槳，在黑夜降臨後，出海獵捕飛魚，掠食大魚，此刻的灘頭卻是空無一人，男人墮落了嗎？我心裡很複雜的如斯想像。

Maramg Kong.arwa Ta-u do minatu.

「叔叔，你好，所有的男人都聚集在小港口。」

Sira mangana kong.

「晚輩們，你們好。」兩位中生代的年輕人嘗試划船捕飛魚，他們也是拒絕坐機動船捕飛魚的人。

「你們跟著我的船尾，我們划船去利馬拉麥（飛魚初訪蘭嶼島的海域，傳說中的飛魚出生的海域）。」我說。

「好，叔叔，我們就尾隨你的船尾划。」

那是約莫三海浬的划程，後段有一段岬角，因月亮陰缺圓滿，醞成或大或小不等的，如足球場的暗流區、湧升流區，對新手而言，當然是危險的海域。木船的優點在於身體的協調律動是跟著波浪的情緒划駛，雙槳宛如是木船的雙翼，從海底仰望海面，它真的像是海上遺世獨立的行動劇場，每一刀插入海裡的槳葉似是我們人連結海脈的浮動血管，這就是我個人遺棄乘坐快艇的核心信仰。

「你們不可以害怕！」我說。

「有叔叔領航，我們就心安。」二十分鐘之後，我們來到了暗流岬角，彼時一塊如籃球場大的海面如是鍋裡的油面，非常光滑，卻是暗流漩渦密布，它暗藏著隨時弄翻木船的能量，對人類不假一絲情感的自然力。

我划經如是油面的暗流，它似乎很頑強的要把我們的木船帶出外海，我固然是老划手，老經驗，但也不得不承認肉體邁向老化，力道衰弱的事實。我的船身距離岸邊的黑色巨岩僅僅三到五公尺，我卻發現我船尾後的兩個年輕人被暗流帶到外海，離我約莫六十公尺，我吶喊道：

「我在這兒等你們，男人！」

五分鐘後，在安全的海域我們再次的併行划槳，胳臂的結實敘述著我們生存意志的韌性，在飛魚出生的海域國度，停止槳葉，觀天，望星，親海等著飛魚群在我們的漁網展翅拍尾，遠古的舞台還在繼續，這一刻，古老的傳說在流傳，拼板船還在生存。

滿月

白晝退位，夜的黑就位，這個節奏幾乎就是星球上的人類共通的感官真理。對於我個人而言，白晝與黑夜的循環，在我民族的飛魚汛期期間成為我個人的、很隱密的生活意義是：海洋、飛魚、生活的連結密碼，是降低依賴島嶼民族進入現代化之後的便利。黑夜來了，我就像開始進入祖父口述古老的傳說故事，情境脫離了燈光的光害，或是燈光在夜間工作恩賜的便利，我與兩位部落的年輕人悠悠的輕划著拼板船，在飛魚群初始抵達大島的小海灣利馬拉麥，放流著我們船內的漁網，也放流著流動在我們體內，對黑翅飛魚的古老期待，其實，從我部落划船來到利馬拉麥海域，直線距離只有兩公里，問題是必須越過急流渦漩處，也就是危險岬角，然而，這也不是最至關重要的，關鍵是，我部落裡已經沒有幾艘拼板船，男人們出海已經依賴機動船，就是依賴機械，不再使用雙手划船。

拼板船在夜間的海上漂浮獵捕飛魚，一直是我這一生最美麗的記憶，我個人最愛的活動。假如往日的，五十幾年前孩童時期純真的記憶是決定我這一生的最愛的話，答案是正確的，最愛使用自製的拼板船在夜間捕飛魚，也一直是我個人的生活課題。

那兩位我部落的年輕人，從台灣回祖島開始生活之後，他們也一直「拒絕」登上機動船捕飛魚，所以我約他們划船越過岬角，體悟木船在海流湍急的岬角，運用全身、心力的專注力，讓身歷其境的過程說故事。我常說，這是我們族人逐漸在遺忘、遺棄的獵魚漁法。因此，對於他們依舊熱愛木船漁獵，那股孤獨感裡的「夥伴」像是最親密的親人感受。問自己，我們是在衝撞文明，抑或是文明在撞擊我們民族的古老文明？彼時在我內心深層處「喜悅」在衝撞的龜裂壕溝浮升出也被遺棄的尊榮。

Full moon從我們在海上面對島嶼正面山頭爬升，我們各自的放流船上的漁網，月光在天氣晴朗的夜空是我不能否認的，我最愛的時空情境，這個意義是，我可以短暫的忘記現代化帶來的便利，以及多層次的憂愁，或許我也可以說，是我自己療傷核能廢料不遷出我們小島的無奈吧！

Full moon在海上的光明是柔和而優雅的，是島嶼民族習慣的夜間景色，海洋的心跳就是潮汐的瞬息萬變，在小木船捕飛魚是我三十二歲回祖島定居後，實現祖父給我的遺訓，「飛魚季節，男人屬於海洋」，訓練自己愛上這個活動。兩位年輕人在一艘雙人划的拼板船在我右邊放流漁網，流水由我們船隻面對島嶼陸地的右邊流向左邊，離陸地的外海約是兩百公尺的海面，海流則是極為不規則，忽左右，忽南北。我的漁網放流完後，漁網的末端繫上粗繩，連結漁網與船身。海流的不穩定讓漁網在海面漂浮時是歪七扭八的，我的船其實距離陸地的礁岸只有七、八十公尺，而漁網的直線長度也只有五十公尺，但在海面上漁網被海流扭曲變得更短了。然而，二十多年用木船捕飛魚的經驗，當然是勝過那兩位年輕人。第一次收起漁網，只捕了十幾尾的飛魚，我們都理解，飛魚永恆是逆流覓食浮游生物，在我再次的把漁網一面放流，一面划槳拉長漁網的同時，機械船一船接一船的開來利馬拉麥海域，在一個足球場大的海域擠滿二十幾艘船，在我下第二次漁網的時候，我估計約有一百尾的飛魚，再一次的下網約是八十尾的飛魚，因此我的船內已經接近兩百尾了。

彼時，我划船靠近那兩位年輕人，說：我的船吃飽了（適量而止）（他們捕的不到一百條）。我又說：Full moon的潮水非常強勁，尤其是那段約是八十公尺長的岬角海流更為凶悍，走吧！

月圓的光，雖然是絕對的美色，也是絕對的浪漫，但對於我們在海上運用雙手划槳划船絕對是費力而艱辛的。果然，當我船隻划進岬角外圍時，浪頭不僅變大，一公尺到兩公尺，在月光的照明下，岬角的浪頭是湍急又是短波浪，且是極為混亂，我的形容是「浪漫隱藏不假情感的險惡」。我對他們高聲吶喊道：尾隨我的船尾。不到幾秒，他們的船被暗流帶到離我約是五、六十公尺的外海，那兒正是急波短浪之區，極為險峻的，我於是又說：順著波浪朝岸邊划。十分鐘之後，他們終於接近我船身了。哇！好危險。

我們已在平順的海面，而我也安心了許多。在滿月月光的照明下，我們平行的划船，我知道，明天之後的歲月，他們將會跟他們的親友不斷的闡述今夜獵魚的事蹟，歲月也將累積他們划木船的次數，也將會沉澱他們的謙虛，我以為，我們被現代化的同時，也只有划船獵魚的經歷，才會有月光下的美好記憶。也是吃了很飽的機械船，當我划進了我部落裡的簡易碼頭的時候，每艘機械船捕的飛魚至少七八百尾以上，但漁工們少了划船的最後尊嚴。

兒子人生的第一次划船捕飛魚的成績十四尾。

海洋帶我去旅行

其實，有太多的偶發事件都不是我們人可以事先預知的，關於此，就是說我自己從來就沒有「生涯規畫」的計畫，簡單的說，我就是漂準的「隨波逐流」之類的人。

二十幾年前，當我帶著妻兒回蘭嶼定居，開始了初級的徒手潛水獵魚的時候，這個領域的部落的好手經常叮嚀我說，潛水抓魚必須「隨波逐流」，如此，不僅可以節省體力，更可以悠悠自在的潛水獵魚，潛入海裡欣賞深邃的藍色水世界。

「隨波逐流」，數年以後，我邁入了潛水獵魚時體能的巔峰時期，並且開始了我獨自一個人在水世界的旅行。對於生活在蘭嶼的潛水伕們，特別關心天空上的月亮圓缺的變換，月亮缺口的凹凸大小就是控制海洋潮汐變換，海流流速強弱的主宰者。喜歡上了當孤獨的潛水夫之後，喜歡上了自戀式的欣賞無聲無影的海面下的水世界，心境心智也漸漸的跨進寧靜、寡言的階段。

十月份的某一天，陸地上的氣溫宜人而涼爽，約是二十度左右。我部落的天空上的中上雲層呈現灰白均衡的景致，讓我整體的身心感覺處於和氣平順的狀態，那種感覺很令我舒暢，就像腸胃處於五分飽，五分餓的滿足感。而，眼前的海面景色的狀態，就如老海人洛馬比克常掛在嘴邊的話，說，「像這樣的海浪海風潮水陽光就是拉你下海的請柬」。

備妥了我的簡易的潛水用具，來到了Do Mawu的礁石沿岸。涼爽宜人的陸地氣溫，宜人下海潛水的海浪，以及自己想要潛水下海獵魚的心情，這或許就是天時、地利、人和的完美情境吧！我唯一掛念的是，我孩子們的母親在很遠的水芋田裡工作，無法通知她，說，我去下海抓魚。

唰……的一聲，我的身體沖進了海裡，我的魂也泡進了浪裡，還有思念父母親的心也同時的帶進了對我有情的藍海世界。雙腳上下拍動著蛙鞋，身體自然地就向前行，或是向下潛，剎那之間，泡在海裡的全身即刻感應到海水溫度的溫暖，原來從陸地上觀看海水是藍色的，我的身體一進入到海裡，我身體十公尺以內的海水即刻變為無色，平淡如自來水流出的水，不讓人驚豔；原初那一片優美的水藍色的色澤，也自然地變為無色的平淡，無色的平淡就如我前半段的人生一樣，沒有一絲努力過的經歷可以讓人為我喝采似的。其實，我的心願也是如此的，平平淡淡過一生，我就滿足了。

雖然我肉體十公尺周邊的海水是無色的，在外海的海也是如此無色的；然而，我水鏡下方的海底珊瑚礁世界是繽紛多彩的，每一個區域的珊瑚礁區就像是人們在陸地的花園，讓人悅目賞心，心曠神怡。我下潛到十公尺深的海底，是我熟悉的海域，熟悉的意義就是不會讓我緊張，慌恐，害怕的。我仔細觀察同類科的魚種，除去魚身的大小外，牠們的長相幾乎就是同一個鐵製模型創造出來的，這是跟我們人類最最不一樣的，就是同父同母生的孩子，長相也會不一樣。浮出海面換氣，看看藍天來證實自己還活著，之後我再潛入水世界，在七公尺深的海裡漂浮，如是空中幽浮似的，乍想像是無規則的，讓海流隨她的意願帶我去旅行，然而，我的身體感受到洋流規則，不是像人類訂定的規範契約，而是受著月亮圓缺、潮汐引力，以及海底的地貌單調，巍巍群峰，複雜曲折詭異來改變暗流流向、流速。帶我去旅行吧！我說在心裡。

在水世界裡「旅行」，我控制自己的中性浮力，可以憋氣兩分鐘上下。那一天，我的情緒處於浪漫的狀態，讓我在沒有恐懼下的陰影，悠然自娛的觀賞水世界裡的淡藍，水藍，青藍，深藍，以及目測所及的，接近暗夜的，讓人心生慌恐的暗藍水世界（當然，這個藍是我們肉體，如海平線一樣是無法到達的境界）。我肉身真的放鬆隨波逐流，放鬆的心境特別的美好。首先是，我沒有獵殺魚類的貪念，可是奇異現象的是，沒有獵殺的貪念，數不清不同的魚類類科，魚類世家，無論是小眾的、大眾的群族，體型大的、中型的、小型的，幾乎就不把我當人類看待，群聚在我身邊隨波逐流。此景讓我微微笑，讓我心魂安寧的特別愉快。除了達悟在潛水獵魚的男人外，你們或許不相信我這種經歷，說我在吹噓，哈哈哈……。海水溫度約莫是二十三度，那種身體的感官感受幾乎就是把自己當作是魚類。

哇！海流帶我在水世界旅行，沒有目的地的旅行，更沒有獵殺魚類的貪慾。我以為，這就是我的修行，也是我進入水世界，接近海洋的心跳，唯一的技巧就是運用潔淨的身體，沒有貪念方真實感悟到帶海洋去旅行的真諦。

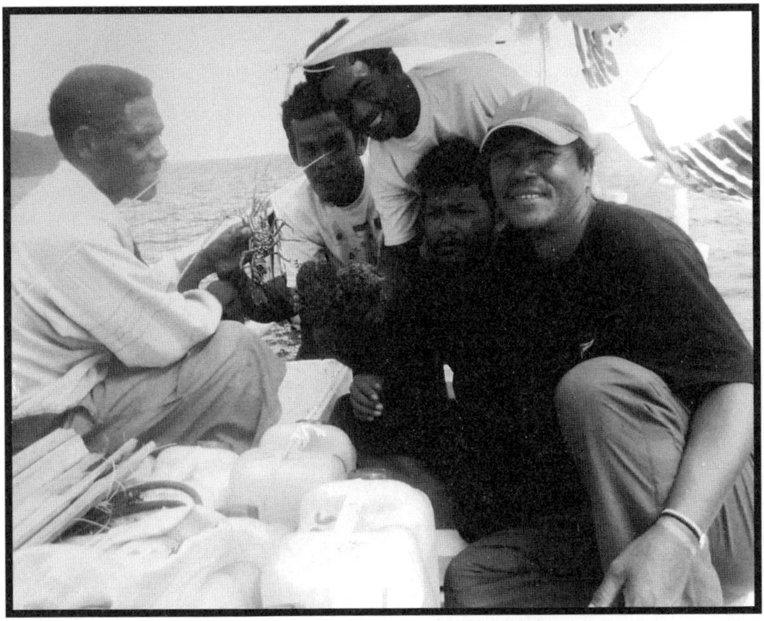

二〇〇五年，和航海夥伴合影。

船

船，它存在於有河、有湖、有海的各個角落，於是產生了河流民族、湖泊民族、海洋民族等等的。這些民族從最初的原創開始了與河流、與湖泊、與海洋編織成的許多故事，敘述著人們數不清的水與船的想像。星球裡每個區域，大小不等的地方，強勢、弱勢等民族在不盡相似的樹林植被，氣溫也研發出不盡相似的船貌。船貌的如何如何的，也是敘述著船與河流、湖泊、海洋的故事，同時人類也造就了船的使用性，以及船隻衍生的生活美學，還有船的神話。

對於我，神話的美，在於人們把幻覺幻象成為事實。相傳有兩位兄弟用石斧花了很長的時間建造自己的船。哥哥的船底是平面的，弟弟的是現今達悟人承繼的船身、船貌。兩艘船透過海洋、波浪的考驗之後，證實了弟弟建造的船是利於遠航、切浪的，又兼具視覺上審美的感覺。

一九七〇年代前，我們這些戰後出生的新生代，在飛魚招魚祭典，我們就知道自己是屬於那個獵魚的漁團，每個漁團在飛魚季首月的夜間，船內皆裝載著數把的乾蘆葦，以及裝在甕裡的木炭。我們這群小孩為此在夜間常常聚集在我大伯家的涼台，或是庭院。漆黑的海面是沒有月光的照明，一把火炬、兩個火炬……每個火炬代表一個十人的獵魚大船。數十個火炬浮生浮沉的在我部落前的海域放光明，火把隨著正在漁撈，正在划槳的生、滅。漁夫們憑藉個體舵手的獵魚經驗移動船隻，火炬在再次點燃、再次熄滅的隨興，對我卻是生之火的希望，給我萌芽的心魂刻下莫名的愛慕，還有更多的渴望自己是其中的一名漁夫。

冬末的雲片遮蔽了天空的眼睛，風來自於部落的北邊，在黑夜，每一天的黑夜，遙遠的海平線幾個微明的漁船燈光，有時候十幾盞，有時候三、四盞，與近海的火炬，讓我從小就可以辨別出兩者間的差異。

有燈的船是機械船，可以在海上過夜好幾天，或者一星期，在船上可以煮飯燒菜，以及靠雨水洗澡，我認為那也是很美的一件事。我或許出生在小島，當時一個未被現代化困擾的地方。到B部落需要用走的，收成的地瓜要扛，要走路，一切的一切盡是人力，腳掌手掌似是身體的發動機，只能在有限的距離活動，包括船隻。火炬的船是人力雙手划的船，當黑夜的海上的火炬熄滅之後，祖母禁止我們這些小男孩去海邊迎接我們的父親們的回航。

我一直在思考祖母的話，「禁忌」，我當時約莫六歲。一九九一年的二月某夜，父親兩兄弟，兩位堂哥，三位表叔，以及已經三十四歲的我，划著八人八槳一舵的大船出海了。這是我兒時的夢想，喜悅當然存在心海，就像記憶存在腦海一樣。與我兒時不一樣的環境是，我原來的部落已經有了路燈，光明了起來，繁星明光被路燈取代了「光」的意義，彼時四十六歲正值壯年的父親，當下此刻他已經是七十四歲的老人了，那一夜，父親掌舵。

依然佇守灘頭的獨木舟。

遠離了部落的路燈，我們划的船駛經到了比黑夜更黑暗的沿岸礁壁，除去心臟跳動的怦怦聲以外，只有槳葉插入海裡節奏一致的聲音讓船隻行駛，我的二頭肌、三頭肌，我握槳的手掌漸漸的結實了起來，浮動的海面來自海底跳躍的湧浪，然後拍擊礁岸回波震盪讓船隻起伏，好舒服，我心裡想著，我終於出海，也即將點燃蘆葦的火炬。

有種美感悄悄地滲入我心，從第一槳、第十、第一百、第五百、八百槳，我們或遠的、或近的划，離岸約莫二十公尺、五十公尺、一百公尺閉嘴不語的旅程，船隻如是幽靈船的感覺，說一句話是美的，好像跟海浪說話，跟古老的漁夫們，我兒時眼前的真男人，他們在海上說的語言，諸如轉彎的時候，說「切魚肉的一邊」、火把「順著風的路」、「槳支在拍手」是距離岸邊不遠也不很近，說十句都是男人們在海上的語言，但我一句也聽不懂。原來飛魚季節首月在海上獵捕飛魚，直述句，如「這裡有飛魚」是最大的「禁忌」，必須說「銀白的鱗片」，許多許多的，我民族的語言因為飛魚神的神話故事的典故，在海上與陸地的語言必須「分類」，島嶼不會移動，海浪會浮動（性情不穩定）。

因為自己的語言我卻聽不懂，我感覺了那種潛在的美感，像是人類在海上獵魚的爆發性永不可能超越海浪暴怒的爆發力。在黑夜的海上，人們的安靜是回應外海的海浪的安靜，說話時是回應海浪拍擊礁岸，海浪跟陸地說話輕重表情。我回家，與前輩們共同划著木船航行，每一槳划船的感觸，對於我就是每一頁的活的教課書，訓練腦部思維，也是體能的訓練，更多地每天改變的海洋知識；風、雲、雨、月、波浪、潮汐、洋流，還有心靈感悟。

與前輩們划船回航，每一槳都是海洋的文學，自己的故事，在海面上，星空下；在海面下，水世界的魚類世界，也只有依賴自己的心魂、自己的身體是唯一接近「海的心跳」的路，那是沒有捷徑的路、方法。我如斯說。

夜航捕飛魚。

島嶼的避靜空間

有一種勞動是來自於傳說的故事，這是個充滿詩意的空間，兩個月沒有來到山裡的山藥田園，雜草經過島嶼濕氣的吹生，如是營養充足的野種掩蓋了山藥攀爬的嫩莖。其實不整理這片田園，我依然可以找到山藥發芽的根頭，為了珍惜他的新生命，如同珍愛自己的多神觀，上山清理這片山丘，彷彿也是一種山林裡的淨身修行。此行的浪漫是，帶了七百ＣＣ的自沖咖啡，在山林裡思索快被遺忘的神話，也許身體力行已成為現代化之後的神話吧！汗水滴落在滿是落葉的土壤上，回想著五個月之前，在這附近的山林伐木的實況，宛如自己一直在學習如何在傳統與現代之間生存似的，然而我卻發現自己也一直是個半吊子的失敗者。汗水乾了，雜草除了，風的聲音騷動了樹的葉片，枯葉落了，將成為土壤的養分，山的聲音也一直是詭譎的，那是靈異身影穿梭影音，我喜愛靈異的顯影，很想跟他們對話。山藥成熟時，我會剖成數片，作為祭祀祖靈、天神、海神的供品。

同時，山藥吸收山的濕氣，我們家人也將食用濕氣催生的山藥。原來傳說中的山藥，其實就是與宇宙眾神明共享的，於是這兒也是我尋求避靜的野外教堂，讓我踏實許多。

水芋田。

真愛世界

島嶼的山峰山谷蘊藏我們民族可以在海上漂浮獵魚的樹林生態，也蘊藏祖先對雨林生態的年輪信仰。數月來，兩個孩子從零認知開始到近日他們熱愛原始林的真情，這是我們認識的真愛世界。二十幾年來在國內外的講座，我錯了，我以為朋友們都認識我們民族的造船工程、造船智慧、樹的智慧。兒子說我錯了，他說我省略了，揮斧汗滴其實是傳承祖先種樹養樹愛樹的信仰，是達悟男人從汗水體悟樹的語言。

過去我上山的造船經歷，孤絕一人，現在回想父親的話，現在面對兒子的學習，以及來蘭嶼最累的小幫手黃嘉慶，說，斧頭讓我體會到這也是某種謙虛的訓練。體悟你的神話在流汗中沉澱。

在我當了父親的那一天起，帶領兒子伐木造船就是我既定的人生目標，在荒野裡徒步，他們也漸漸地認識樹名、樹的英俊長相，造船的重要性就是在這個過程中體悟健康的生態智慧，而非解說員的「理論」。

與此同時，也在書寫小說。慶幸我們在這個民宿充斥的島嶼還可以揮斧賺流汗，還可以划船捕飛魚。感謝島嶼創造森林。

開山燒墾

帶孩子們上山，種植他們人生的第一棵的山藥，陡坡讓我們頻頻下滑。這是開山燒墾工法，為了預備冬季節慶食用的食物，只是為了生存，為了預備祭祀祖靈、天神、海神的食物，在每一年的這個時節種植山藥，因為這個因素，讓我跟著傳統祭儀過生活，踏實的心情在於珍惜山的土壤，之後，在其周圍種植里芋，祝福你們長得綠茵茂盛，我們會頻繁來此關懷你們。

兩個年輕人特別的賣力，而我們也在周文欽導演的拍攝下，留下了美麗的畫面，美麗的經驗記憶，敘述山的故事。

我們扛回這棵樹分解成兩塊的第二塊的時候，我們走下坡到我父親三兄弟雙手開闢的水芋田，芋田長度約莫一百公尺，寬約略二十公尺，山壁的區域父親們的工法是「石頭砌成」的擋土牆，在現場石牆工法依舊牢固，然而檳榔樹已被蔓藤纏繞成蔭，芋田長滿風種的樹而成森林。這個區塊長出來的水芋頭，父親們曾經蓋滿十人船舟，蓋滿家屋的屋頂，我六歲在他們雙手鑿成的灌溉水圳玩耍，這是洗刷不掉的生存記憶。

我們荒廢此塊芋田，主要是野豬吃掉了我與太太栽種的水芋頭。當然我的懶惰也是主要的理由。大伯的照片，父親、叔父的肉體已成土壤，但他們留給我的記憶是他們開闢一座山的「詩歌」，詩歌是一座山的生存哲學。那一道沿著山壁蔓延的引水水圳，此刻的我依稀浮現我裸身沿著水圳游，清澈的水的畫面。想著前人的奮鬥是花在人性與環境相融合的情境，讓他們身體的壽命到九十。當他們仙逝，我土埋他們的肉體的時刻，我沒有難過，而是喜悅，因為他們與這個區塊的山腰的水芋田給了我「文學哲學」，給了我「民族自覺意識」，給了我「反歧視」的人格，以及給了我生了皺紋厚繭的雙手。

總的來說，寫寫雜感隨筆，其實是練習寫漢字。此階段的造船伐木卻也弄傷了兒子、小幫手的腳踝，只好讓他們休息，讓他們走更遠的記憶。

•

請兒子帶攝影機上山，作為我們父子自己造船的紀錄片。山谷陡坡他拍，卻苦了我這個老人。在山裡講解樹的故事、樹的功能。這棵蘭嶼芒果樹是坐落在我家族水芋田上方的坡地，一棵解開成兩塊木板。我雖然疲憊，但樹的肉是紅色的，這正是我要的。兒子、小幫手受業解惑於本老人，樹的「哲學」在此，一般人說是「生態學」，這是矮化森林樹木的「人性」年輪記事，而我更想說的是，達悟民族視造船樹材為山的「人種」，也是山的「食物」，也是彩繪山頭的藝術家，他們有靈魂的，不只是植物生態。

通往原初的生活，也是通往初老的真實生活，過往許多的批判，許多的不滿變得無味了，夜深人靜已是清洗疲累的汗水，也是省思自己。兒子問我，不累嗎？很累，因為還得兼顧茶油鹽米的現實生活。現實生活摻入欲望的毒素。前人種的樹，已被蔓藤纏繞，整理這些土地的食物，蔓藤是說明了後人沒照顧前人的森林財富。現今的財富來自民宿，那是有形的，看著兒子跟我走無形的資產，他只能認得幾棵的達悟樹名，希望這是他民俗生態知識的存款簿，真苦了他。這些月來也真苦了我的小幫手，他是最特殊的小幫手，幫我太多忙的同時，還真捨不得他，希望這回是他人生的真實回憶。想請他走，我又深怕船之魂被遺棄（達悟人信仰）。此時我也只好早起早睡，寫我如今唯一的嗜好，「小說」，一艘木船，一本小說。船拿來抓魚，魚的鱗片拿來寫漢字，就這樣吧。我忽然潸然淚下。

食物主權

在深山裡開闢種植山藥的斜坡地，花了我們三天的時間，這也是兒子跟我的功課，食物主權栽植食物，這要等到冬天才可以採收。

原初的食物似乎一直在宣示，人類人口劇增的時候，都會食物的食安讓人食而不安。而原初的品種沒有被改良就是食物的價值，彼時我們像是在我父親的那個年代，按歲時祭儀栽種食物，雖然疲累，一直要照顧它，但總得跟土壤學習有機知識，此時也就忘記了疲勞，喜悅黃土變為綠油油的山藥田園。

Vanwa，達悟語的具像意義是指「木船可以進出海」的澳灣。如今此語的語意已移動到台東的機場與加路蘭港，移動是人類歷史非常古老語彙，也是全球化之後，所言的跨境的多數化的詮釋。島民數不清的次數在vanwa 跨境，從陌生到熟習是民族共同的歲月記憶，體悟海空的廣袤。對我的vavwa，辛酸甜蜜似是書寫的長河信箱，東西南北半球的放浪，從十歲起，在冬季的海上開始了候補人生，都在期待登機登船。想來，還是自己划船跨太平洋東西即可避免書寫候補人生，在有色有味的海洋飄泊，直到「不想呼吸」為止。

在屋外燻飛魚。

成長

對於我們星球上的每一個個體，無論在何方，每一個人選擇自己最為舒適的生活方式，就是選擇了人在精神層次上寧靜的時空，多一刻平靜勝過一天的嘉年華會，此等每一個人的幸運也是各取所需的。

小島的秋冬邁入「各取所需」，不需要遊客割裂自己的時間世界，而我已經十來年沒有造達悟拼板船了。內心的世界是在思索兒子準備好了沒。領他去海裡看魚類的水世界，領他去雨林感悟他祖父的足跡，雨林的啟迪，在那兒的空間是平靜自己的出發空間，雲霧山嵐親吻自己的體魂，也是抵抗病菌入侵體內的方法，也是親子間的環境教育，民族生態學教育。

我是何等的幸運，回祖島，父親三兄弟運用身體實踐，傳說故事，島嶼詩歌教育我，叫我當「實踐者」而非「解說員」，「眼睛閱讀世界，心海書寫經歷」成為文字的記憶。兒子提問，我具體而踏實的回應。當年的我，在父親的體領，如同兒子當下的他。如等親子共同體的原初意涵只有深化，而非分化，只有體悟環境哲學，而非想像海格爾哲學。

深夜的此刻，我被一陣陣的冬夜寒風震醒，於是起身書寫文章，也是造船的絮語記事，而非抒發心事。

漂泊生涯如是潛海的遊戲，皆在探索多樣性的旅人際遇，造船只是一時的身體疲憊，但此事卻是印證我與兒子在都市生活上的虛無，漂浮。我們是何等幸運，還有一招可以割裂被主流一元化歧視的技藝，而避免上街對抗苛求「還我主體」，雖然我們依舊被歷史推向被遺忘的環扣，雖然我與兒子可以在海上划船漂泊是浪漫加上消極，但這就是我們可以非常自信的說，我們是海洋的親海民族，少許承繼民族事業，如此我也滿足了。

兩個孩子人生砍伐的第一棵樹，從達悟人的眼睛來說，稱之「成長」，也就是說，我這艘船有注入了他們命格魂，人生踏實的成績。親子教育。

小島上的生活點滴，是高同質性的，幾乎每一位成熟男子都有自己的林園，因此親友間的勞力互換成為部落的深層團聚，說；木船如海洋吸引男士們的眼神，但旁觀者是學習者，也是評論者。

台南來的朋友，喜歡在山林裡呼吸，他與兒子同時見習，小問題是，他們晚睡晚起，考驗我的耐性。祖父的林園的山頭，像是我現在的寶庫，幸運的是，沒有人知道這個山谷，爬一百公尺就到的山峰長滿了欖仁舅，取材方便。

一棵樹取下來，立刻就地組合銜接，等樹材自然讓風吹乾，今天鑿上木釘，固定之。後天再上山伐木，取大塊的，架設槳架的木塊，第三層的，希望在聖誕節之前拿回來，如此也才心安的去台北的講座。

與山的相處，與樹的零距離，發現了「伐木」的難度，發現了不可以做壞的知識，還有體能的隔日再生。山路的曲折，讓孩子學習山林教學。

「深根的樹種」是山的食物，讓山坡地不會坍塌，雨水，陽光，月光，風雲也是樹的食物。樹也是我們的食物，它變成一艘船，船成為我們捕魚的智慧工具，也成為機械船的傳說，兒子也繼承微弱的傳說，也是我們的藝術作品，還有我們的好朋友「嘉慶」，他見證了這個過程，謝謝他，讓我們省了許多的體能。

每天有進展，也每天在做思索的比較。現在造船有現代化之功能工具，然是我的心思每每回到三十年前，父親帶著我巡山尋樹材，父親鮮少說樹材的知識，倒是「人」在山林裡伐木的故事特別多，羊腸小徑特別的清楚，林地果園檳榔園私有界線更是清楚，誰在造船，在何處的山林伐木，躲不過男人的眼線，於是樹材的「圖騰」成為個人的圖像，也是個人的家族的「聲譽」。因此盜伐他者的樹材，成為島嶼的道德論，也是爭吵的起始。於是男人上山尋材，開闢自己的林園構成為「男人一生的事業」，我有幸被父親培養上山，即使去了台灣念書，回來祖島時，他也必定帶我巡山閱讀林木，這是我的另類的民俗生態知識，因此我也如此的帶著兒子上山，讓他對島嶼之山林樹魂不會有恐懼。

父親、叔父都教了我如何使用斧頭，給我在山林裡許多他們沒過去的部落各家族的故事，關於這點，我比同世代的朋友懂得多，花時間上山尋材也花得多。山林的知識便是一種島嶼的交際，樹名、圖騰如同魚類的名字，代代相傳，這就是島嶼男人必須「聊聊天」的哲學，豐富與否，即刻便知曉，此也為各部落男子成為「好友」的基礎。

如今海洋、魚類、月亮、潮汐等知識一般男人都繼承了，但山林知識卻是消失了。

象徵個人在樹材上的圖騰變得雜亂，也跨越部落界線，此等倫理也因此迷失了。

這是島嶼族人的家庭教育，「圖騰」先占有記號的文化，鮮為人知的島嶼文明。我的幸運在此，也花了三十幾年的時間「逛山」，這也是我身為「島嶼作家」的另類喜好，這是我個人的道德觀，不可盜伐不屬於自己的圖騰的林木。

如今，我的同輩只有我一人造船，山林裡的路徑已被雜木雜草掩蓋了，此等知識也淹沒了。

雨林絮語

兒子的回祖島，讓我有機會帶兒子走他的祖父從小帶我走過的山林深谷，山脊稜線陡坡，兒子感悟到雨林的深淺奧秘。

也帶兒子潛水，使用自製魚槍抓魚，他在祖島上的山海經歷，也如同我父親對我的「親子教育」。我的感悟在於自身體能的維持，希望帶他走更久遠的山路海路。

這對於我，是多重的知識重建。跟他解說魚類習性，雨林階級，非西方、台灣等的生態知識。船，是我們家庭在陸地上的「海洋」，循序漸進的教導他，關於樹林的長相，伐木的智慧。

他現在的年紀，正如我當年父親為我造船時我的年歲。我六十三，父親當年七十三歲。我現在的島嶼智慧差父親百倍，譬如造詞吟唱，譬如划船機制，有如運用斧頭的美學。

言語之意的隱喻，就是珍愛島嶼，這不是搖旗吶喊，而是當父親的責任。

造船傳統技藝、工法的學習者，兒子，義子（台南人），我們生存在傳說中的神話，在森林裡熱情的奮鬥。我個人伐木造舟的喜好，偏袒於吃風面的老樹，長得歪曲，堅硬的樹肉結實，紋路又曲折，沉重，結論是耐海水、陽光、雨水的淬煉。

現今我的學習者，從一棵樹倒雛形的完成，得花上至少六小時，雛形，他倆爬七十坡度，七十公尺長。見習者問我，為何在困難度頗高的地方伐木，我說：這是你的曾祖父的林園。

傳說彷彿像風雲似的，闖進了學習者的心靈，而我也漸漸成為

「解說」傳說與實踐的中年智者，假如這是真的話。

我喜愛沒有吵雜的山林深谷討寂靜的細胞。他倆是我造船的最佳幫手，造船的哲學在於「細心」，在於結合四氣「天氣、海氣、地氣，還有人氣」。

對他們教學，需要耐心、耐性、耐力，「生態哲學」非科學生態學的理論論述。

這是一門寧靜的傳統事業，蘊含著許多不可言喻的古老傳說，如是汪洋大海得入他的「身體」，循序漸進的細工，敘述著一個家庭的船隻就是一個家庭的海洋故事。

喜悅他們認真的學習，我也十分有耐性的傳授「親子舟」原初意義。當然體能的維持十分重要，傳授所有與造船樹材、飛魚漁獵相關的民俗生態知識與智慧。

那是學院生態學課程找不到的知識智慧，完全排除西方生態論述。

生態植被的意義

小島民族的生存哲學，在蘭嶼，幾乎把樹種肉質的分類發揮得海天無縫。諸如建屋、造船之樹科分類，它的詮釋重點在於靈觀信仰，又如一般煮根莖類食物，使用的木材就普通。然是，飛魚汛期運用在曬飛魚的橫竿、椿柱等等的，那就是一樁十分細膩的生態知識，這是非常有趣的樹材文化，關於此等島嶼生態文明的探索，幾乎是零，它的傳說哲思也將消失了。每年的飛魚汛期，我個人（家族教育）皆花很多時間伐木，讓樹自然的在山谷陰乾。煙燻飛魚，我蘭嶼龍眼樹、茄冬樹等，意義在於陰雨天候，飛魚肉身被蒼蠅舔食留下蟲卵，用此樹的煙霧，讓蟲卵自動的掉落，且魚乾便可貯藏到秋末。簡易的說，這就是達悟人的小說，往往扣連與島嶼生態的物種時鐘。如果我可以說，這就是我文學創作背景隱喻，島嶼的宇宙文學。當然，你可以否定我。有人告訴我說，論述化你的島嶼常識，我笑笑的回應：那將淪落在西方白人否決人類原初文明的，沒有科學實證的非白人論述，因為他們不想探索人性與生態植物的親密關係。於是非白人的專家學者也就陷入白人的理論謎宮裡。你可以否決我的夢的器官想像。

•

生活究竟如何過呢？身體的機械功能是歲月的證據，體能就是告訴我了。三月開闢的山藥田，不是在路邊，而是在深山裡，這分明是給自己找麻煩，這也或許是我的性格吧！

清早，獨自一個人來探望山藥神，月餘了，蔓草荒原已淹沒了山藥嫩苗。除草三小時，讓山藥嫩莖葉攀爬，砍樹一小時，學習前輩的身體時鐘，中午不吃東西，在午後的兩點多準時完成。

山藥是一種食物（非經濟交易），也是祭祖、祭海神的必要的供品，每年循環輪種是島民自古的宗教生活模式，也是常識，當然更是知識。當然這或許對我小說的書寫無益，但卻是精神層次的心靈雞湯，達悟語稱之masyakan kulit ku kanu kahasan，「皮膚與山神格鬥」，這是我身體的古典文學，也是民族生態智慧的泉源，心魂的聖經。

我已不再閱讀賣弄文字風騷的城市小說了，更不再閱讀賣弄珍惜生態物種的虛構者的話語了，但我卻偏愛拒絕科學論證的浪漫神話，那裡頭有許多夢的器官，就如自己排斥機動船獵捕飛魚時滿載，寧可安靜地划木船捕魚，在黑夜的汪洋上，彷彿孤寂就是古老的傳說。山藥成熟時，解剖成兩片祭拜天神、海神，以及祖靈，這是我一個人的宗教，也是唾棄了自己的傲慢，在世界的角落為原初的信仰祈福。紫色的山藥莖，我要等它，到初冬時的成熟日，那就是我與它的小說。

我的海洋學的文明

一，解飛魚，魚身的木板是龍眼樹的盤根，從山裡砍回來的。

二，晾飛魚的pamowpawan，是從祖靈的海洋（天池）取回來的羅漢松。

三，飛魚盤是「蘭嶼擬樫木」mavsacil。

四，曬飛魚的橫竿椿柱是飛魚汛期專用的樹材。

這不僅是我的生活美學，那更是我的傳說中的海洋民族的特質，那是海洋哲學，海洋文學，島嶼生態學，民族人文學，原初宗教學，詩歌等等的整體。

假如我可以說：這就是我要活下去的理由，許多搞理論的學者，把原住民族的宇宙觀單一化、淺顯化，在他們的文字遊戲的專業裡的分類學，也切片化了原初文明與環境結合為一體的完整性。

我們捕的飛魚足夠即可，等天候佳的時候，再花時間巧遇多量的飛魚。

假如我可以說，這就是海洋（人）文學，蘭嶼達悟人的情緒情感跟著海洋、跟著魚類漂浮流動，我要說的是：這也就是「民族覺醒」的自覺意識，並非只有抵抗執政者、殖民者的歧視政策才稱之。這也是我們去殖民化的行動藝術，而非文字理論。

斜掛的飛魚身，此時看來還在繼續飛翔，這也是我們的精神文明。此時求求朋友們，不要問我飛魚好不好吃，只要我還可以走路，就會一直捕飛魚，獵大魚，這就是最好吃的精神食物。

•

我部落的Minganangana，簡易說是：婦女犒賞孩子們的父親，每年在海上頂著陽光風雨，乘風划船獵魚的辛苦，製作美食。我稱之均衡信仰，夫妻互敬，長長久久。今日則是mipuwaluwag，「納福祈福日」，這是小米穗、欖仁樹之嫩葉，除了為祝福家屋家人外，婦女必須祝福水源、田園，而我要祝福兒子、我們的船、我們的獵魚漁具，也要祈福我們的海洋、我們的健康。今年更要為我所認識的朋友們祝福大家平安健康。這就是我的宇宙的原初信仰，簡易說，天與海就是信仰的教堂。祝大家平安健康。

創世神

星球上的人類，若我可以說，每一個大大中中小小的民族都創造了屬於自己的創世神話，創世天神、島嶼神、海神、水神、河神……等等的多得數不清，個人偏好這種多神的信仰，若我可以說，多神論者如同認同我們星球也有數不清的，令人賞心悅目的花一樣。在小島上，每一年的飛魚季節，我必須上山砍幾棵與飛魚神話有關聯的優等樹，做曬飛魚的椿柱橫竿，稱之「新」，新的飛魚汛期、新的盼望、新的健康等等。這是我民族海洋文明的恆常儀式，我特愛這個，因為這儀式的場域涵蓋天，島嶼雨林物種；涵蓋海洋，島嶼魚類生物，精神信仰穿越宇宙時空，行為信仰承繼前人，物質信仰讓身體呼吸。但求你不可說我是迷信者，求你說我民族的傳統信仰如你的創世神話，那般朦朧可愛。

島嶼的海洋文明涵蓋許多海洋生物與陸地生態的連結，在現代化無所不在的當下，其帶動的日常生活的便利性，正是阻絕各民族原初文明延續的掠奪者。取來晾曬飛魚用的椿柱與橫竿木材，稱之象牙樹vacinglaw，每年我必須砍新的樹材，象徵引進新年新希望，給自己在飛魚汛期種新的渴望，我的生存年曆。大棵的養了八年，小的養了四年。如此捕來的飛魚才有尊嚴，我家人才吃得健康。這就是島嶼海洋文明。

兒子代父出征伐木，我忽然依賴他了，斧頭一揮一砍，花了快兩小時。山谷樹幹長達近四十米，捨不得廢棄砍掉另一棵樹，這是我近月來念的人生書。走山谷卵石路，更是考驗走長遠路的膝蓋，心中思索帶兒子造船的意義，此等已是族人放棄的傳統產業，現代文人另類不可理解的人生志業。兒子不拒絕，我膽敢訴苦，訴苦成為另類弱者，作家人生路，走到此，這群我們造船的樹魂託夢，說，前人養樹，山海智慧是成績欄。樹，終於倒了，兒子也微笑了。樹魂總得跟我們走回家，心魂貼入雨林，也是探索自己文學創作的弱點，原來這叫潮差。不許訴苦。

海洋鱗片

蘭嶼的「力體文學」，那是力量與身體先經
歷，之後方有故事。

少與小的想像

或許可以如此說，我從小在飛魚汛期的第一個月，我部落的每個男孩、男人都必須在船長家夜宿一個月，我家族至少是如此的，學習父祖輩們在飛魚汛期團聚獵魚的行為。團聚的那個家屋，我們稱之panlagan，譯成華語的意義是「男性靈魂共宿之屋」，就是在海上獵魚之命運共同體。這似乎就是島嶼海洋民族不同深山陸地民族的宇宙觀。

我個人從小就對這種民族傳統的習俗尚有偏好，主要因素是，我對於民族之傳說的，或者是有關海洋童話故事的，也特別感興趣。那一年的飛魚季，我還沒有進華語學校學習，父親都帶我坐在大伯、叔父身邊，看他們把一根根的，被焚燒過的乾蘆葦莖，從中間解成兩半，然後綑綁成一個成人雙手環握住的一把，這是飛魚季節夜航獵魚時，引誘白翅飛魚靠近船身用的火炬。那是在黃昏期間父親三兄弟，他們的姊夫、小叔公皆穿著丁字褲坐在地上。小叔公說著他與哥哥們夜航獵魚的往事，往事就是他們生活的指引，海洋魚類生態習性的學習，以及獵魚工具的秩序。飛魚季的第一個月只可使用火炬與一個長柄掬網撈飛魚，不可以拿第二個掬網撈飛魚，傳統的解釋是，不可以多量，獵捕飛魚的秩序。簡易的獵魚工具，除去遵守獵魚的秩序，或民族的禁忌規則外，少許的飛魚就是祝福自己，「少」就是家族凝聚力的核心，若從我們的海洋生物觀來說，那就是我們對海洋賜給我們魚類的態度，現代的說法，就是生態觀。

父祖輩們的生活生態觀是我民族的初始信仰純度的實踐者，許多的冬末春初的夜黑風高的夜色，小叔公說著說著傳說故事給我之時，他經常牽著我的纖細的手走出暗黑的共宿屋，到屋外，他觀察星空、風雲，說，那個天空的眼睛就是minasasadangan（天蠍星座），它的尾巴弱勢生產許多「小」繁星，那表示今年的飛魚魚群很多；又說，我們部落依姆洛庫，隔壁部落依拉岱，我們都理解，堅持自己首次夜航獵捕飛魚的海域，稱之piniyaniyawan（首航獵魚區），我們必須在那兒點燃火炬，無論有否收穫，都必須做這個古老的儀式。

五十幾年之後的今天，我已是當時小叔公的年紀了，父祖輩們悄悄然的仙逝了，驀然回首，活海洋的教室依故在，然而現代性的進來，讓許多的民族傳說被電視擠出了腦海的想像，許多的儀式如火炬撈飛魚被二十四伏特的手電筒取代，天蠍星座變為魚探儀器……說明了歷史演進的不規則性，及其詭譎。

父祖輩們使用掬網撈飛魚，火炬誘魚的漁獲量是少的，是個位數。在家族十人漁團的共宿屋（儀式屋），出航漁獲，十個家庭僅吃一尾飛魚，鮮魚湯約是四十公升。孩子們吃一小片魚肉，大人喝魚湯，在我的記憶，魚肉魚湯因而變得特別的美，如是天上眾仙女的美食似的，小叔公說，「小與少」的意義就是珍惜。

我十九歲高中畢業，從高雄坐普通班的火車北上，途中駛經的車站人潮有多有少，人潮多與少的站就如海底珊瑚礁區環境的豐富複雜與貧瘠單調呈現出魚類的多寡完全相似。環境複雜便是多樣性生物聚集之區域，陰深險峻，怪物也多也是必然的，讓人心生恐懼。到了台北車站，我似乎完全迷失了方位，也陷入了迷思的雲端。哇！人，怎麼是如此的多呢？我的心魂油然慌恐了起來，我蹲坐在台北車站面對希爾頓飯店的左側，進出車站的人群比我刮掉的飛魚鱗片多，他們面孔更是比海裡魚類的形貌多變且是善惡難分辨，服飾比彩虹多樣，身材體型讓我目瞪口呆，徘徊在我眼前多變的計程車司機，除去我對他們的形象討厭外，他們吃檳榔的吃相比不上羊兒咀嚼嫩草的優雅，任意吐紅汁讓我這個從檳榔故鄉來的原始人不敢目視，也壞了我飢餓肚皮的口慾。

「人多」、「車多」的台北車站給了嘈雜、無序，以及髒亂，一絲寧靜、安和的感受都沒有。

「坐車嗎……？坐車嗎……？」

司機們說話，叫客的語氣讓我想下海潛水逃避，喇叭聲更是比蘭嶼輪進港拉長笛聲讓我心跳加速。

人多，車多，雜音多……「喂，番仔，你要去哪裡？我載你……」

「山地人，你要去哪裡？」

我像是海裡的魚類，不知道如何跟人類說話。我繼續蹲坐邊角，等等等我的蘭嶼朋友下班。爸，我來到了台北，這裡的人比我們家的螞蟻多，你可以接我回祖島嗎？我說在心裡。於是「多」讓我慌恐，如吃得多，穿得多，說得多……。

朋友終於來車站接我了，機車如是彎彎曲曲的溪水，按著空隙穿梭，我於是開始適應「多」的環境。如今在小島上，愈來愈細心品味「少與小」的意義了。

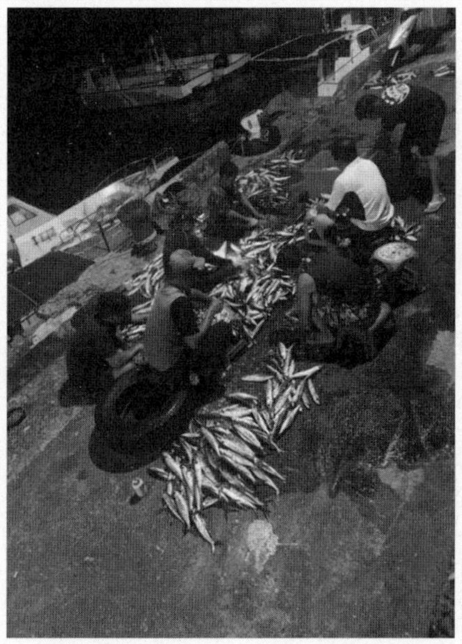

機動船捕的飛魚。

在地名與外來名的思維

外來者以本身「便利的記憶」作為命名原先不是居住原地的地名，此往往與原住者命名地名之原意是天堂與地獄的差距。在台灣原住民居住之地，我們是最容易發現的，也是外來者最原始的以「地名文字化」侵略弱者的伎倆，此包含強者集體的文化思維延伸其空間認知，地名符號的表徵完整性，縱然只是地名而已，然而，其另一文化之意涵盡是否定原住者透過生存經驗衍生的宇宙觀。

在蘭嶼，這種情形非常明顯，讓我們明瞭漢人在此方面展示其認知符號的荒謬與突兀，及無形的「霸權」。對我們Ta-u（達悟）人而言，我們稱我們的島嶼為Pongso no Ta-u（人之島），國民黨政府來了之後，更名為蘭花的島嶼，而非人之島；筆者以為，蘭花是漢人認知的觀賞物種，達悟人也為被觀賞的另一「物種」，非「我」族類的「原始人」。

島上的景點，如眾所周知的玉女岩，日本觀光客直接轉換為「女性之性器官」，我們的語言的地名是Jimavonot，原意是屹立不搖的岩石，象徵父母吵架，一位子女從中勸架的故事，因而傳統達悟社會有了子女後，為人父母者就沒有離婚的權利。

其次，鱷魚岩，從我們現代達悟人看過鱷魚的後傳統的人來說，從任何一個角度觀察，發現那真的是漢人想像的「鱷魚」，既然有想像的鱷魚，當然，在漢人統治管轄的領域也必須附帶象徵大中國的圖騰——龍，坐落在我們島嶼的東南方。所以，東南方有龍頭岩，西北方有鱷魚岩，恰是漢人的對聯觀念，又象徵男性陽剛之氣宇。

鱷魚岩，我們的稱之為Jimacingeh，有腰身的岩石，這是島民航海船釣時重要的座標。龍頭岩稱之為Jimazicing，象徵島嶼的末端的意思，也是島民航海船釣時重要的座標。這兩個地標恰好是蘭嶼島東南西北走向，以海流的強勁、平穩分割的西南面與西北面，冬季的海象西南平穩，反之西北是駭浪；同樣的，夏季的海象西北平穩，反之西南是駭浪。此正是我們的海洋觀，想來既不像鱷魚的鱷魚岩，只是一塊巨岩的龍頭岩，究竟是什麼東西與我們的思維一點干係也沒有，筆者以為，這是很讓人憤怒的事。

其次，如Jimalacip（象鼻岩）、Jipanatosan（雙獅岩）、Jipaneitayan（坦克岩）、Jikarahem（五孔洞）等等這些地名無一是我們祖先認知的「物」，也沒有一個是符合當地住民賦於空間地名之意義。再來，如鋼盔岩，我們稱它為pinadun no vahawu，意思是被螞蟻堆砌的岩石。

固然，大與小也是部落民族判定空間地名的基本概念，但此等概念對達悟人而言，泰半是在海上漁撈活動區變風向大小的意義，對於我們只有兩個島的民族，我們稱小蘭嶼為Jimagawud，或是Jiteiwan，原意是在航海的航程有很長的距離，來此漁撈必須具備觀測天候海象的基本知識。

就筆者認知而言，空間地名的意涵，在於表述在地原住者空間認知的完整性，達悟族是海洋民族，環繞島嶼的海岸地名有兩百多處，這些地點全是海流、風向的變化、魚類的多寡給予區分，以地名標示遠近、左右的距離，而非東南西北的觀念。

荒謬的劇本是漢人來到之後開始展演。從過去到現在，去過蘭嶼的朋友們都知道，在蘭嶼島上所有之觀光景點，沒有一處的地名是譯自我們原住者之語言，彷彿從過去到現在達悟族人未曾經營過蘭嶼島似的，嚴謹的說；即是否定達悟人過去千年來經營此島的歷史，否定我們過去歷史的完整性。

因此，恢復原來的地名，即是新政府貫徹「本土化」之具體政策，也為達悟人之心願。

開元港碼頭。

野銀部落。

夏曼·藍波安收藏的一九七〇年代蘭嶼地景舊照，此為野銀部落的道路。

東清勵德班監獄。

野性的山羊

在島嶼秋季不陰不陽的午後，我沿著離我家六公里外的公路邊的海岸線走，是觀察也是觀望。聳立在路邊的巨岩怪石的迎風面吸納著海鹽，也承受著午後陽光的日曬，十幾頭的羊兒就在面海的巨岩峰頂觀望灰色的汪洋，牠們在思索什麼呢？即使牠們的主人的老爸，他尚存的記憶，也無法依據傳說中的傳說，「羊兒曾經馴化我們的祖先望海」，這一則典故的古老歌詞，他已經遺忘了，在他死去之前，沒有忘記的事情是，陪那群羊兒一同坐在較矮的怪石上，他自言自語地與牠們望海聊心事，羊群的主人曾經如此地把「望海」的故事跟我敘述過。之後，主人很自然的承繼了與他的羊群共同望海的習慣，他也跟我說，若是他沒有陪羊群望海聊心事的話，即使他手邊拿著新鮮的嫩葉引誘餵食羊兒，牠們往往拒絕吃，直到天黑，許多次都是如此。主人後來才知道，羊群厭惡他呼吸吐出來的酒氣，後來他才改變了他喝酒的時間，「望海」以後，他才喝小酒，我聽了會心一笑。

陸地礁岩與海洋潮起潮落的礁貌、小碎浪，想來在這個島嶼形成火山岩島後，礁形地貌沒有改變過。若說有改變，肯定的是，它比過去的歲月更長久了，就像我十歲，在雲霧山谷種植的那棵龍眼樹，從一棵如我小拇指般的弱小，到現在已經變粗了，變高了，我也吃過了它掉落過的果實了，某種天然野性的美味滲入心坎血脈，難喻難言。

我注視著浪濤碎浪輕輕拍擊凹凸曲折岸邊礁溝，有一種聲音悄悄地湧進耳膜，是一股我從小聽過的古老旋律的聲調，好似祖父坐在涼台上，把我放在他的大腿上望著汪洋時為我吟唱似的，非常熟悉的旋律，我因而蹲坐了下來，平靜的，用心回憶那四十幾年前的歌詞。

我陪妳們歌唱妳們陪著我望海
我的羊兒妳們的羊角是海洋裡
黑鮪魚的尾翼
我的羊兒島嶼的造島者
妳們的羊角黑鮪魚的尾翼
我陪妳們歌唱妳們陪著我望海
我是航海家羊角與尾翼就是我
海洋上的羅盤

我坐在一個黑色的，清醒地聳立在我三十年前在午後下海潛水的時候，習慣坐下來的地方。坐下來，午後的陽光，在那個時候，還照射得住我已禿的頭，我於是傾斜身子，把頭靠在比我身子的毛細孔更多更細更複雜的黑色礁岩。它的表層的歲月有誰可以計算得出來呢？我這樣的想像，我老了嗎⋯⋯？一個頭羊，牠自然扭曲的羊角約莫一尺半，一群羊兒就在我身邊十幾公尺近的礁石上望著我，也望著多變的大海。我默念著祖父的詩歌，也幻想祈求羊兒給我平安的心，潛海獵魚，這是我三十幾年來，自我孕育的潛海儀式。我告訴頭羊，說；我沒有忘記妳。

我在怪石邊的海池洗身、洗潛水鏡。此刻羊群也起身，近的、遠的、大的、小的，午後的陽光，直射牠們望海的右半邊身子，牠們習慣性地繼續蠕動嘴角，反芻咀嚼。我配上潛水鏡的游入海裡，羊群在頭羊的領導下，也走下怪石移動，沿著牠們吸納海鹽熟悉的路徑，越過幾潭海池，調皮的小羊兒無數次的把身子貼住礁石上，在那些承受千年歲月風暴的石礫，癢癢左右身子，咪……咪……的悅耳聲，也許是舒服，也許是高興，也許是羊兒的古老歌聲。牠們逆著夕陽的方向移動，恰似我潛泳的順流方向，牠們彷彿在告訴我，你已經老了，順流有魚可以抓，又可以節省體力。

二十幾年前，我努力學習潛水抓魚養家，潛水深度從三公尺到三十公尺的光陰，我未曾留意過羊兒一直在注意我，我在海裡的潛泳氣勢，在牠們眼中，我是一個還沒有被急流馴化的傲慢者，但我知道，牠們經常站在巨岩上觀望我的一舉一動，遠遠的看我。六十歲了我，今年。某夜，在我心裡準備好，試圖再重回海裡潛水抓魚，試圖重溫浪濤的洗滌，重溫海洋的自然溫情的時候，那一夜我做了很溫馨的夢。

「羊群高高的站立在我潛海的巨岩上，就在那塊巨岩邊，海浪拍擊巨岩表面，我因而抬頭看天，我沒有望見天，卻看見了那群羊群，對我微笑；彷彿在暗示我，你老了，體力已經不再允許你深潛了，岸邊礁溝有許多黑毛魚……。」

當我游到那塊岸邊巨岩的時候，我無意識地摘下面鏡，清洗鏡內的霧氣。忽然間，那群羊兒就站立在那塊巨岩上，停止咀嚼的全部俯視著我。我喜氣的仰望著羊群，我知道，我老了，我仰頭跟牠們說。有一種自然性的喜悅闖進我浮游時的心海，有一種自然性發自心海的語氣，說：「謝謝你們。」

這一天，我射了三尾三斤以上的黑毛魚，我的漁獲似乎是自然性的發生，自然性的丟棄了豐收的貪慾。我游回岸邊，上岸休息，彼時的夕陽已經落海了，羊群卻又站在我身體面海右邊的不遠處，每頭羊兒正在咀嚼，天宇邊線散放出柔軟的餘暉，是秋季的溫柔天象。我身後的不遠處的公路邊，牠們的主人發出，咪……咪……咪……，羊兒們最熟悉的聲音，牠們走向主人那一頭，我則是喜悅飽滿的跟隨牠們身後。此刻，羊騷味也變得香氣十足了，羊面的氣質，自古以來的傳說就是如此的野性善良。

登陸艇

一九五二至一九九二年，蘭嶼由輔導會管理暨統治，在蘭嶼設置十一個農場，就是所謂的掠奪佔地，也是台灣唯一的軍事統治的島，一九五二年保安司令部（蘭嶼指揮部），一九五八年警備總部蘭嶼指揮部。警備總部不僅設置農場，也建立四所監獄，引進的軍人控制島民出海作業，引進牛隻破壞島民賴以為生的田園，與台灣現行犯多開路，掠奪大量伐木之建材，吹火之用，外來人多過島嶼的人口，傷害範圍從生態環境到欺凌島民，環島公路（便利統治），從傳統住宅集體改變樣貌到輔導會割讓島嶼土地給中山科學院，設置小蘭嶼為空軍志航基地之靶場，設置燈塔，割土給台電建置核廢貯存場，設置火力發電廠，割土給縣府設置鄉公所，割土給交通部民航局建機場，氣象局建氣象站，割土給花蓮港務局建簡易港口，所有的割土轉讓全權由「蘭嶼指揮部」一手遮天，這個單位就是對蘭嶼的集體統治，軍人軍事統治，人權傷害無可計量。

從另一個角度思索，島嶼被殖民之歷史，還在延續，對於促轉會的成立，年輕學者由當年的部落志工起始認識孤島自轉為研究者，把封塵於國家底層邊角檔案如抽絲剝繭的，把這段軍事統治島嶼的四十年圖文呈現在族人眼前，勝過不計其數的研究報告。蘭嶼的達悟族人或許遺忘被歧視的傷痕很快很多，或許族人開始成為民宿業者的主事者，然而，林嘉男博士的研究成果，將是我們民族之過去現在未來最為重要的著作文獻，也是我們民族自決自省必須記憶的「民族正史」。

無論是軍人治島烙印下的傷痕多大，在我們島嶼警察局治島的政策，傷害島民人權服勞役的措施，在林博士帶領的這個團隊對外部國家也將盡力貫徹，爭取應有的權益，此也將考驗我們民族內部的認知與和諧，寬容與自私。下頁圖片的這一段路是台灣過去的現行犯所鑿

由蘭嶼指揮部開鑿的公路，在野銀部落。
此為作者收藏的蘭嶼舊照。

成的公路，那是那群人還沒有告訴我們的軼事。

邊緣

一九九五年的十二月，法國政府在大溪地的某個環礁島進行上個世紀最後一次的核子試爆，一九九七年的一月，我被邀請飛往法屬大溪地參與二〇〇〇年廢除核武廢棄物到第三世界的運動。啟動這項活動的是留學法國的該島原住民，在papietee（首都）進行抗議的活動，全球五大洲的反核人士都來參與，包括日本、菲律賓的人。留下兩張照片，想說的是：法國政府提高物價（如一罐可樂當時價格是七十五元台幣）和教育費用，建立高級飯店、餐廳，也操作地價，進行統化政策……。結果是，讓當地住民由富有轉換為赤貧，教育程度也都還在國高中程度。擁有水泥房的是美國人、法國人、日本人，當地原住民則是低矮的鐵皮屋。

這群朋友都曾經做過台灣遠洋船的漁工，身上的刺青刺上基隆、香港、馬尼拉等中文字，他們回到大溪地，也只能做工地的零工，如在我們小島的情況相似。他們不敢獨立，否則島嶼的任何外來資源，物資將被切斷，這就是原住民坐擁在黃金島上的赤貧者。此也反映在我們島嶼的狀況，進來的外資操控在漢人手中一樣。當引進的隱性外資愈強，我們便被排擠到邊緣，將失去原初的豐腴，於是我們必須排拒大財團的進駐。我們也逐漸地感受到個人在現代化過程中的適應能力，好的成為新貴階級，無法及時調適者成為島嶼難民。外來資本也將急速的啃食鯨吞島嶼的水資源、原初物產……。又如島嶼導覽員，讓旅行業者壟斷，解說瞎掰胡言，話語權轉換，他們吃水餃，我們只能喝他們剩餘的口水湯。唯有民宿業者團結，籌組合作聯盟，否則將被各個擊破。最後只剩滿嘴的抱怨。

有一天我們會被遺忘

這一艘舊船舊照片是北投某位友人的收藏，去年年初去拜訪，是

一九九七年，到大溪地參與廢核武棄運動。

我部落的船，是他們在一九六〇年收購的，這一艘完全是手工斧頭建造的，我剛出生不久的年代，我知道這艘船的主人，我的記憶是，部落裡的孩童，我們打扁鐵釘雕刻它。

六十年後的今天，我與兒子完成了我們的第一艘親子舟，也是我個人四十二歲以後建造的第六艘拼板船。六十年前，島嶼六個部落的木船占滿了各部落的灘頭，在飛魚季節的傍晚木船出勤獵捕飛魚，出勤的木船在海上搖槳划駛的景致，如是草原民族的騎士奔騰於草原上，讓我感動，這個記憶仍在我腦海。

我們會被遺忘，不是族人不會造船，而是賺錢遮蔽了男人的雙手，男人的雙手開始做水電工、板模工，以及許多數不清的智慧的轉移，伐木成為危險的工作，熱帶雨林成為被遺忘的傳說場址，造船樹材被蔓藤糾纏，山林小徑被雜草覆蓋了。這艘舊船的子孫流動在都市叢林，只能在漢族舊曆年年節回家一趟。

我們會被遺忘，或許也是自己遺忘了雨林的路徑，遺忘了祖島的生之魂。造一艘親子舟，或許也是肉體體質的考驗，也或許再次的考

友人收藏的蘭嶼獨木舟。

驗自己還存留著多少的民族智慧。造船不困難，困難的是，我個人的體能也在急速下滑，也沒有繼承父親的好歌喉好詩歌。木船完成了，是父親三兄弟託付於我的，為了「海洋的名字」，為了「展翅飛翔的飛魚」，也是該哭泣的時候了。

近日友人問我，你靠啥生存？我不敢說「為了海洋的名字」而活，那太不實際了。我摯愛的木船，或許不再奔騰於大海，或許只能孤寂的佇立灘頭，讓海洋的風輕吹著兒子獨立完成的「航海羽毛」，或許也是我部落許多民宿的旅人攝影留念的影子。

完成了「親子舟」，父親說是為了飛翔的飛魚的名字，此刻，也開始失去美麗的鬥志，也開始哭泣。昨日，兒子為我剪髮，剪不斷昨日的記憶，也洗不乾淨粗糙的手掌，以及長了厚繭的腳掌，我靠啥生存？或許我只能寫，只有自己看得懂的小說，我於是相信，有一天我們會被時間遺忘。

有一種孤寂，稱之被現代性「孤立」

近日的冬夜特別寒冷，我燃生火苗，與兒子靜默的雕刻我們父子的親子舟，像是孤立在汪海中航行的木船，堅持再造一艘拼板船，只因父親生前的遺言，「造一艘呼喚飛魚的名字」。帶兒子逛山，在不同的山頭伐木，扛樹材，拼板組合，拍紀錄片，也只是為了連結文學與海洋之間的通路，靜默地完成親子舟。

忽然感悟，我創作的文學作品，是「孤立」於城市文學，像是孤島孤立於西太平洋，我特愛孤島沒有明燈照明騷擾，木船沒有機械引擎的導航，只有手掌當舵槳。

假如我創作的文學是從神話開始的話，我們的親子舟，也將成為非虛構的神話。它不會在城市裡展覽，但它將在大海行駛，但願海神可以擁抱它。某種孤寂的生活美學沁入心海，如是孤獨的鯨豚，繼續沉浸在波濤的峰谷，漫遊汪洋世界。我們將開始著上紅黑白色，也將彩繪我們的心境，只是為了「呼喚大海的名字」，此刻有個聲音闖進心靈，當木船孤立的駐守在部落灘頭的時候，彷彿黑翅飛魚神話還在繼續流傳似的。

東北季風的面膜

風居住在不同緯度的天空，風的魅影是移動影子的神，你或許在炎熱的城市夏季的巨樓的影子休息，避開紫外線佇足，巨樓的影子是太陽在移動。在城市居住的樹很是讓我疼痛，它是城市的囚犯，被水泥監禁生命的野性，豔陽下的大樓影子遮蔽他的影子，被大樓歧視。

小島上的樹蔭經常被風力移動，我是獨居的孤島作家，我的門口面海左邊有棵雀榕，東北鋒面過境時，樹葉發出被勁風吹動的聲音，「大聲」是東北季風面強勁，它移動雲影的速度急促，孤島的住民便知大島的飛機將停飛，鐵殼船將停駛，現今於是稱之「關島」，我則稱之「風島」（封島）。門前的樹葉聲激烈與否讓常常我預先知曉「被風島」，此時我的喜悅升起，昔日的我將拿起魚槍潛水獵魚，在灰色的海面獵魚養家，此時被「風島」的時候，就在書桌前寫作，傾聽風聲搖動樹葉的歌聲，那是悅耳的，我的交響樂，於是冬季的冷風鋒面的過境成為自己寫作的推手，島嶼的冷氣，也是監禁飛機的風神。

舊年與新年之間，只是一秒鐘的時針轉軸，然而情感就如月的潮起潮落，流動在分秒之間。木船是我們與海洋波動的生活時鐘，她的存在不在乎於精細，而是雨林生態轉換成海上藝術品。而我在乎的，是船承載著父子擁有共同的資產，那是在海上獵魚時，期待捕獲一尾紅翅飛魚，拿來祝福我們的灘頭、我們家人。祝福大家，走在人群的後面（健康之意）。

生日

那一年我正使用稿紙、原子筆在深夜練習創作，寫《黑色的翅螃》，我的第一本小說（一九九九）。孩子們還小，在他們熟睡的時候，開始練習寫作，練習寫「漢字」，當時我也同時學習在祖島過民族式的生活，總的來說，就是重新學習有了家庭的生活。那時我已經不再「上班賺錢」了，但我已忘了我是如何把房屋蓋起的，忘了錢從哪裡來養家，但我不會忘記自己天天下海抓魚給家人吃，不分晝夜，不分季節（迄今受用無窮，智慧知識的來源）。

從深夜寫到孩子們起床，然而每一夜的黎明之前，父親在舊國宅，背靠在被柴煙燻黑的牆壁的小客廳，抱膝閉眼吟唱古謠，我喜歡聽父親唱歌的音色音質，輕微的沙啞聲，略帶蒼涼感，吟唱著傳統的種種迅速式微，「文明」不等待族人的進步，迅速的侵略島嶼的原初靈魂。那種時刻，經常發生在冷鋒過境的冬夜。我於是停筆，枯坐在我做的水泥樓梯上，慢慢傾聽，沉思父親的古謠歌詞，冷風時而強時而弱，時而聽得懂時而聽不懂，我不知為何沉醉在父親的古謠歌詞裡，我不知道自己為何沒有父親那般蒼涼的歌聲音質（原來一個人的自己在補習班，在淡江的困苦生活幾乎沒有開口說話，辜負了自己固有的原音）。

今日，一個太陽一個月亮一轉已是二十年前的往事了，驀然回首，往事歷歷在目。今日的深夜，也正在寫小說（沒有信箱的男人），寫到一九〇四年日警拆解我曾祖父的家，找日殖時期的照片，找到「台灣蘭嶼民族文化」日本武警、學者，以及我部落的族人。照片裡的日警，可能是下命令拆解我曾祖父家的人。

法國小說家卡繆的《異鄉人》，探索主角殺人的事件，卻不逆寫「被殺者」家屬家族的心靈創傷悲劇。日本民俗學家，打從鳥居龍藏登島起，我的家族便與日本人搭起人文學上的善緣（出國最多是去日本，也在二〇一八年在東京得到「異類文學獎」）。小說的故事情節，是我從五歲起就聽小叔公（可能比鳥居氏小幾歲）說（那些故事不在日人的田調裡，包括一九〇三年美國商船罹難的故事），一直到我去台東念高中，回祖島之後，父親每每又重複了那些過往的記憶的家族軼事。如今當年的家族前輩族語口述的場景，對我卻是如昨日發生的故事，我家族的前輩們皆已回到白色的島嶼了，思念不在話下，對我而言，卻是我的民族古典文學讀本。今天好像是我身分證上的「生日」，爸媽，想念你們，妻子、孩子們愛你們。我只求自己注意健康即可。求求大家，不要說「壽比南山，福如東海」，而是走在人群的後面。

淺談「超越」

假如我可以說（你可以否定），達悟語「pisupuwan」，或「pivugan」，中文的「超越」是可以書寫長篇大論的議題。

pivugan乃指涉隱喻「但願晚輩比前輩優質」，漢語的「超越」其實也有此意涵，這是很美的，激勵晚輩奮鬥的用語。很久以前，台灣值得敬佩知名小說家跟我直述說「你應該超越你的前輩」，我心海裡的直接反射的思維是「不可能」，我的思路的線條想的是：我的前輩們真愛孤島的生活美學，他們承繼創造對宇宙的敬畏，含括傳統信仰（不信西方基督宗教）的質樸美感的追求，難再難的跨越，當然時間的演進，新文明的來臨，難以單面論之。我想說的是：有些台灣原住民族作家說道，要「超越」夏曼・藍波安，我心臟笑笑，想著「我跟你不同族，何來超越」？

前些日子，本族晚輩又說道要超越我的文學，我心臟緊張的即刻思索：你先自潛抓魚養家三十年，你先建造六艘拼板船，你先認識島嶼的造船生態，一個人在山林裡，一個人在大海裡堆積「創造」自己的思想的行動，你先認識達悟語的魚類名字……等等的，再說超越。但我更想說的是「優質的超越」，而非暴力型「幹掉」的超越，田徑場上的競技，是運動成績的超越。文學家之間的競技是沒有「超越」，文學作品的成績不是評論家的評語評優劣即是終極結論，而是讀者自身的被啟迪的深淺廣窄，讀者是評論者。假如我可以說，「超越」對我言之，是藝術家的心靈美學的追求，而非作品販售多寡論之，純文學創作是嚴肅的邊陲行業，不是暢銷排行榜，不是娘氣文學，我追求的是「雋永」，「超越」自己的愚昧。作為運用他者文字的「作家」，作品被閱讀已是最大幸福了。何來超越呢！

「力體文學」

紅頭嶼的名稱是明末清初某個御史在飛魚季節巧遇島嶼夕陽景致成金紅，故稱之，未登岸，卻把島嶼劃歸為清版圖，清日甲午戰爭，清戰敗，紅頭嶼順勢割讓給日本明治天皇，此歷史（一八九五）迄今已是一百二十五年的被殖民史了。

蘭嶼的「力體文學」，那是力量與身體先經歷，之後方有故事。「在海一方」（羅娃娃），在其內心裡似乎在彰顯某種願望。午後的島嶼，在旅人隨著夏季夕陽的落海逐漸再度得浮生它的灰色寧靜，氣溫下落到宜人的二十五度左右。遊客的驟增，給島嶼環境的壓力是不可估量的，也許民宿業者顧著自己的收入的同時，他們是顧不了旅人背後的多元垃圾，其無形引進的是，對土壤的傷害。一九二〇年以前出生的島嶼耆老，屈指可數，大海依舊，部落建築地貌完全改觀，對於島嶼全貌的解讀看法也將冒出在利益方面的矛盾，以及愈來愈多的各類衝突（先不論這個糾纏困局），島嶼忽然有個陌生的女孩使用貨櫃屋搭起有「書香氣味」的島嶼角落，這似乎是孤島另類的書香明燈，也激起我個人的書寫世界的邊角希望，有「它」，優質的旅人至少偶爾可以在樹下棲息，拿本書閱讀，那是美妙的一件事，「書局」會成長，優質旅人會增加，我如斯期望。

蘭嶼文學節

近年台灣島嶼發展「文學」的活動堪稱是亞洲區域最為積極的，亦為愛好文學的全球華人，最是羨慕的華語文學寶島，台灣文學的作品樣貌，就如島嶼多樣環境裡的生態，在自由的曠野中，書寫詩的血管，散文的肉體，小說的幻覺油畫等等的，台灣文學的可貴在於自由的容器裡，讓濕地包容候鳥棲息，讓城市的街燈照明殘疾人的愛情，讓街角的咖啡廳生產頹廢的作家，讓高山深谷匯聚溪水成河，讓島嶼的海洋孕育自由潛水者，讓海岸拉長了他的生命力，更讓玉山撐開了

孤島的書寫世界，貓相伴。

天的廣袤。無論你的視角如何，文學的本質是說「故事」，每一個人從海底浮出海面呼吸說故事。

蘭嶼的文學節早已存在，它的節日發生在任何形式的落成禮儀式的慶功歌會，我姑且稱之「島嶼力文學」，「力」文學的核心是：把身體帶進熱帶雨林裡，帶進田園裡，帶到潮間帶，帶到海上海面下，與自然界的靈氣說話，簡言之，身體先到達即將發生故事的場景場域，爾後才可以說故事。換個角度說，不可先吹噓，身體才後來報到，或身體永遠不會出現，答案是，達悟人厭惡「吹噓」，厭惡「無病呻吟」。當然，文學的最後境界是，「有病無病都在呻吟」，稱之「思想」。

「文學節」，我們在具體嘗試，從達悟語言的故事，轉譯成華語文字的故事。我們的文學節團隊企圖編織的初級圖像是，老中青男女各自說「身體先到」的故事，從最簡單的經歷開始，翻譯成漢字的初級段文學，先求有，再孕育「海洋島嶼文學獎」。文學是「野性的」，更是人類思想史的起源。期望島上族人，身體很多疤痕的朋友們，呼喚我們島嶼的「力」文學，爾後才有「立足」的文學。

身體走過的痕跡，如是雨季暴漲的河溪淹沒鵝卵石，讓它長綠藻青苔，也如是乾季的溪水暴露鵝卵石，讓青苔泛黃枯竭。文學路是身體鱗片摩擦的記憶，那是感官，頭髮是體質，視覺是幻覺，聽覺是神話，嗅覺是苦澀，最後只剩文字裡的謊言，還有無所不在的，我喜愛的荒謬感，如是潮退潮漲的海水引力已喚不回逝去青春的活力了，人生也只能盡力低度消耗自己庫存不豐的鱗片智慧，遠離人為噪音的叨擾，撿起父親教我手掌生繭的勞力技能，讓握槳的手掌如樹皮的粗糙。

海的流動，岩礁地貌沒被改變。每一個午後，去獵魚為了生存。魚類看見了人類，為了活命迅速的遠離。遊客來了很多很多，民宿業者樂了，我卻苦難臨頭，「海」被氣瓶潛客、浮潛遊客、自潛客占據了幽靜。默默的寫小說，花時間，雨天田園雜草長得快，不除草，被罵，寫小說被罵。但願再去海裡，放鬆放鬆。

吉勒棚

這個礁石缺口，乾河道的在地名是「吉勒棚」。下午一點來潛水，然而已有四艘載背氣瓶的潛水客的船，每艘船至少十二人左右，吉勒棚海域也是八成珊瑚礁白化的區域。今天不僅風和浪平，適逢又是下旬月的小潮，潮水自然平穩。個人已越六十好幾的年華，業已不再勇猛的深潛了，下海獵魚是生活的本能，下海時，潛客呼氣的眾多氣泡，自然由海底浮升海面，這是島嶼礁岩地貌提供潛客無需投資的休閒活動，當然也肥了島上的潛水店，我曾經是島上這個行業的第一代潛導者，如今已不再碰氣瓶了。今日讓我驚訝的，也好奇的是，這個地方是許多年輕自由潛水者喜歡的，也是安全的潛水區，深度約莫是十二公尺而已。我要說的是，遇見了十幾位二十到三十歲的年輕男女，女孩穿著長蛙鞋，帶著GoPro自拍，稱之比基尼身影留住青春。這幾年島上，台灣來的「自潛者」蔚為風潮，我個人喜歡，他（她）們已超越了上一代漢人來小島的玩法與心態，至少她們曬黑的身影之外，玩出了把身體帶入海裡的親海儀式，深邃的海底世界最是沒有政客口水戰的區塊鏈，如此的青春荳蔻年華，老邁時才會有回味無窮的笑容。但我害羞與比基尼少女合影，因我已是夕陽西下的老者了。祝福自潛者保重。

新興難民

對於我，寫段小文一直是自己活絡腦袋的方法之一，臉友閱之，喜與不喜的按「讚」，也是獨立的行為。

這些月來的日子，我們若是依據「人口多」作為判斷某件事為中心與邊緣的分野的話，個人性格較喜愛「邊緣」。又，若是從「邊緣」再探索自己的旨趣，更愛孤獨。

近年來，小島族人為了「生存」，自籌款或借貸蓋起了許多自己的「民宿」，客源也是按自己的網路關係建置的，於是我們若從遊客身上說起「賺錢」的話，小島的族人，沒有從遊客撈到分毫的錢，我簡稱之「新興難民」。我想說的是：

帶兒子上山，讓他感知，學習被遺忘的造船技能、傳說知識後，又繼續帶他下海潛水抓魚（以後靠自己過生活），我的目的不是獵魚，而是熟悉海岸礁岩環境、魚類種類等等的，希望兒子可以上山下海作為島嶼生存的基礎常識，或是說故事的泉源（對於我，因此走上寫作生涯）。此刻我想再說的島嶼想像是：

島上某個部落的朋友，年輕時是一位喝酒時的火爆浪子，鬧事分子。這些年他沒有從事民宿，他的生財之道讓我佩服。數月來，我又沉迷於潛水獵魚，由於過去經驗之故，理解島嶼海岸環境，理解何處可以抓什麼魚，但我已不再有豹子膽的獨自一人往深海獵魚了，然而，我是個喜愛觀賞孤獨者的人。那位朋友育有一男一女的孩子，屬於晚婚者，他過去的種種已唾棄了自己在部落的傲慢，他有個好嗓子，有個自信的氣質，戒菸戒酒是因為要生存，要養育已是青少年的孩子，他與妻子在東清部落開了一家小餐館，除去飛魚季節禁止獵魚的傳統習俗的四個月外，他幾乎天天在海裡深潛獵魚，是職業的潛水獵人，他為了自家餐廳的營生，他拒絕射底層的低級魚類（達悟人的魚類觀），抓的魚盡是聰明而美麗的魚。我每一次從岸邊出海潛水，他輕型的機動船就在海上漂，他則是在海裡深潛獵魚，他已是五十六、七歲了，還可深潛二十米上下。他已不再與部落人喝酒，他專心於關照船，關照他的魚槍。昨日午後，我又獨自一人在淺海獵魚，回家途中，看見他的船在外海某處漂蕩，看他一人獨自的在海面上，忽隱忽現，他的身體浸泡在海裡，每一趟是五到六小時。我想說的是，那是沒有孤獨的，也沒有中心與邊緣的問題，更沒有左派社會主義思維，沒有右派分子的投機私欲，內心世界只有海洋的律動，潮汐變化，魚類美學。從我們的視角說，那是我們的中心思想，卻是人口眾多的城市的陌生世界，這就是我們極大的異質性，是我們最愛的獨居生活，新興難民。但他拒絕讓我寫他的海洋小說。

流轉的亞細亞

島嶼的公路「嗡嗡」的群集機車聲，是遊客騎車去東清休閒看日出。此刻許多族人在水泥屋正吹著冷氣熟睡，讓我想起「觀光人類學」的省思議題。

《流轉的亞洲細語》書寫關於「當代日本列島作家如何書寫台灣、中國大陸」，作者居然提到本人寫過的「中心與邊緣」概念，讓我驚嚇。而照片是第一位登紅頭嶼島的日本人鳥居龍藏（沒有被殺）拍的（我高曾祖父的涼台）。我主編過鳥居氏的書《人類學寫真集（蘭嶼第一本研究專書，原民會出版）。先說鳥居，我的小叔公曾經跟我們說過，鳥居想用一元日本銀幣買我高曾祖母的織布機，不賣他。他卻去了野銀部落買了一部織布機，用一元銀幣，但小女孩不想賣給他，小女孩的父親想要「兩圓銀幣」製作他的雙銀環，但鳥居只想用一元買（叔公說，鳥居有手槍，不得不從），那位小女孩後來嫁給我的小叔公。

美國船堅砲利，日本的「黑船事件」結束了日本德川幕府封建時代，美國的拓殖激發了明治天皇向境外拓殖的維新運動，鳥居與伊能在一八九七年的十、十一月配著槍才可以來紅頭嶼。一七七二年前，某月某日，恆春台人交易不成殺我部落的人，數年後，台人再來時，全部被部落人殺，清朝御史黃叔璥於是不敢登島，但卻把紅頭嶼劃歸為清朝版圖，之後的一八九四年清日的「豐島戰役」，一八九五甲午戰爭，紅頭嶼割讓給日本。

陳小雀教授著的《魔幻拉美》（聯合文學）在歷史文獻的協助下，闡述了西班牙帝國拓殖尋財富，如何毒殺中南美洲印第安人的毒手是，上帝的《聖經》與槍砲彈藥利劍殺戮沒有文字的民族，歷史的巨變。

蘭嶼的巨變在一九四五至一九六七年，國民黨黨國不分的威權時期，改造了紅頭嶼的孤島面容，K黨承襲了日本台灣總督府的理蕃政策。西方帝國的拓殖改變了地球的容顏，地表的人種。

深夜來杯自沖咖啡

就說「作家」，舉凡世界各角落的每一位作家，他、她的生活空間在過了一甲子的年輪以後，已有了自己習以為常的生活模式。不可否認的，作家的「閱讀習慣或嗜好」，在花了一甲子的光陰培育自己的「格局」，調適自己的「思想」，有的時候，已定格的嗜好是某種自我省視的內在世界。

「來杯咖啡」之於我，在蘭嶼小島是美麗的感知，色香味不一定要俱全，但也聊表自己的某種浪漫。

父親在我這個年輪的時候，我還在台北摸索大學生活的指南，在深夜，他會歌唱，他會去抓魚，凡事自己來，而無法依賴孩子給他生活上需求的支助。關於此，做為人子的，有不得已的苦衷，我們同時生存，但是在被斷裂的時空，我個人理解島嶼民族的口述世界，但父親難於理解，我處於「文字」孵化思想的世界。

作家生產「文字」，那些文字辭藻是自我學習的，一字一字堆疊的功夫。身體基因是島嶼的，文字書寫是他者創造的，後來是自我發展的。每一個被殖民的作家，他自身的初始語言是體感民族的傳說，這是我思想的湧泉，並把它翻譯成華語。

這些天，這一年來，我把身體基因運用在山林伐木，進入海裡抓魚，是在繼承父親的口述世界的遺產，來一杯「深夜咖啡」是編織被殖民文學的浪漫，伐木的汗水轉化成黑潮親子舟，海裡呼吸的獵魚技能轉化成家裡的食物，身體在原初的野性環境流動是體感它的野性容器，於是借來的「文字」也是馴化的野性格局。

當我那位山東籍的姊夫十多年前臥病在床的時候，他不曾跟我那些姪兒姪女口述過，他被國民黨軍伕擄走當青年軍的故事，他曾踏過無數無數無數個壕溝裡的屍體，一九四九年來到基隆，他沒有時間流淚，沒有心情抱怨，因為他的時代，是「國家」撕裂了他的時間，孩子們也無感於他的故事，他的兄長成了共黨，他是國黨，但他們的死亡犧牲是張拓蕪筆下的孤魂。

父親的幸運是因為姊夫不會說達悟語，無法表述國共戰爭的可怖，於是父親不懂漢人互相廝殺的殘酷。那年跟姊姊祭拜姊夫，她哭泣了，因為她愛她孩子們的父親勝過於她的生父。此刻，喝一杯咖啡，是思念父親，也是懷念我那山東籍青島的姊夫。

禁忌（makaniyaw）

各個民族大中小的傳統信仰皆有禁忌一詞，我的理解是可以做、可以說，或不可以做、不可以說；這是一種很妙的事。如某人往生了，他（她）是好人、壞人等的二分法是最後的答案。

我的部落有位高齡九十八歲的前輩，我太太的部落有位一百歲，前者是男士，繼續每天吃檳榔、走路，那位老太太也每天吃檳榔，他倆沒有醫療團隊照顧他們的身體健康，但他們有族人的祝福。他們的長壽是屬於自然性的，不是依賴現代性的藥物而長壽，他們最大的禁忌就是「不吃複雜的食物」，他們的世界是初民階段。不需要理解政治，不需要理解經濟，不需要理解網路，不需要理解有文字的世界史，他們只信仰傳說，信仰自己即可，信仰單純的世界。

人類文明的歷史是有許多生命曲折的偉人所創造的，但最令人驚恐的是，有「國家」一詞之後的「政客的信仰」，是一個明的集團，然後是追隨者，現在說詞是「網軍」，暗的集團，網軍最可怖的一點是，不用刀槍就可以把一個人置於死地。

一個平凡人走向惡的、善的「偉人」之路，是由歷史演進許多的關鍵時機所促成的。

一個人自出生吃簡單的食物成長，其體內囤積的雜質就少，病因也就單純，飲食百無「禁忌」的人，人體內三分之二的水分雜質當然是分類不清，但追隨者會造神。平凡人死於平靜，偉人死於隆重，這是葬禮儀式的歷史定位的階級。歷史的正義存在，在於省思，而非批鬥與歌頌，於是政客的偉大，在於人格風範超越膚色，超越國界。

摯友，想念你

我從小就在喜歡應用「傳說故事」教育孩子的獵魚家族長大，因此腦海充滿黑夜與皎月的美，彷彿人生就在潔淨的黑夜行走。我有兩個兄長，生於一九四〇年前後，就在開始走路的時候，走了，我沒有見過。我出生後，我有兩個妹妹、一個小弟。大弟跟我在乾的茅草睡了一個月，夭折死了，我疼愛的二妹一九六三年生，在她五歲時，也走了。不知是什麼原因，他們一直讓我思念很深，因此十九歲，在板橋，當時有個「大同水上樂園」，我在這個地方的後門一家染整廠工作，我在台北被雇用的第一份差事，也是最最最讓我傷心的往事。我（一九七六年）的第一份薪水約是三千元台幣，我用兩百元去買小孩子的衣服，計畫在過年回祖島的時候，燃燒這些新衣給我逝去的弟妹，在夜市買完回來租賃屋，放進極為簡易的衣物背包，結果我的第一份薪水在包包裡的袋子全部被偷，我詢問那兒的人（閩南人），答案當然是「不知道」（閩南語），但我左肩上的遊魂可以感知，錢是被房東老阿婆偷的。果不其然的，一群老阿婆閒聊時，聽見了。她們以為我聽不懂閩南語，結論是「這番仔很笨，偷錢如我，怎麼可能跟他說是我偷的，番仔很笨」。

從另一角度來論，我的苦力錢被偷是小事，還藉機羞辱我。那真是不可理喻。我不知所措，我抱著「小孩新衣」哭泣，一直哭泣，因為身上已經沒有錢了，還要過生活一個月。於是認真工作，忘記被歧視的疼痛。最後再次領薪水的時候，那位老阿婆卻跟我說：草包（山胞）要顧好你的錢啊！

一九七七年的七月二日，我與這位臥病的同學在嘉義當貨運捆工，省道途經民雄高中，恰好是大專聯考的最後一科考完，一群學子從考場教室出來。他忽然訓我，說：誰叫你不去師範大學念書，否則你就不會跟我受苦受難。

一九七六年七月二十八日，我與這位同學坐了六小時的貨輪到台東，他陪我去縣府報到，就是我要註銷「保送師大」的程序，他說，你不去念，我未來要依賴誰？

昨夜去探望他，我哭泣的握著他已無觸覺感知的手掌，這雙手掌，我們一起在工廠，在貨車，在建築工地，在海上船釣，在海上划拼板船。當我們在海上划拼板船釣鬼頭刀魚的時候，他總是細心教我，當我們一起喝酒的時候，他總是訓斥我，說：誰叫你不去念師大，你看，你的生活跟我一樣的苦！思念總是發生在分手以後。想你，我的摯友。

・

小島的這些天非常酷熱，環島路上都可以遇見皮膚曬得黝黑的年輕男女。原來每一天的這個時間，我都下海抓魚作為晚餐的食物，也是消暑。

黎明的早上，我的摯友走了，六十三歲，我無法參與，傳統潛規則。早上我的幾位同學來我家閒聊，談我們邁入現代性生活的種種，中學畢業後的我們，在台灣任何一隅，我們各自努力發展自己，男同學中只剩我妹夫還在宜蘭打拚。其餘的，都在一九九〇年前後回祖島過生活，每一個同學，包括剛走的這位摯友，全部都靠自己的體能，雙手蓋好自己的水泥屋，也都全部靠自己捕魚養家。

一九七七年，我們在中和區的中山路、通往連城路的稻田小路有家製作腳踏車零件的鐵工廠工作，日薪八十元。那時他的太太懷孕了，於是回家。

我在補習班或在淡江念書時期，我們都會在一起，尤其是酷熱的夏天，我們一起搬蓋房子的鋼筋，我們都是為了「生存」，但他必須養兩個小孩（四個小孩），還有父母親。他也學會了簡易的水電技能，板模粗工也沒有問題，這些種種賺錢的身體完全曝曬在炙熱的陽光下，無怨無悔。

然而，摯友也是我們同學裡最早當外公的人，女兒遇人不淑，把兩個外孫子交給摯友養，無怨無悔的同時，卻多了選項「喝酒」解悶，紓壓。

三十來歲回家，年輕的我們，要養小孩，月圓，我們在海邊礁岩區垂釣，釣一些孕婦吃的鮮魚，補充奶水。那些知識，是摯友教我的，四十出頭，他划他的木船，我划我的，在入夜之後出海划船捕飛魚，為了養家，為了把海洋帶回家，我們一同出海捕飛魚無數次。五年前，他開始發覺身體的健康有了問題，但他不跟我說，默默去就醫，如今，只有「祝福」，是唯一的答案。摯友，想你。

手槍流血了

許多的作家的書被看見，或被文學評論家書寫，孕育了作家的旅行，本人是其中之一。戰後日本知名女作家津島佑子（《人間失格》太宰治的女兒，跟我大姊年紀相仿），他的孫女石原燃（也是作家），我與他們的緣分源自於《印刻文學生活誌》。更遠的說，日殖時期，日本警察在我部落蓋起「番童學校」，霸占且夷平了我家族的傳統屋，我的高曾祖父抵抗（紅頭派駐所現址），換來日本警察用手槍射了我高曾祖父的臀部，當然是流了血，這是我家族與日本人緣分的起源（手槍流血了），這個緣分起源不美麗。二〇一七年年初，下村教授翻譯《大海浮夢》，我與孩子們的母親去了東京一趟，原來安排與津島女士會面，並預計交換彼此寫作的「視界」感官，不幸的，她仙逝了。於是我們去她東京家的目的變調了，石原燃女士請我參觀她母親的寫作房（她在世時去拜訪過），她偷偷的跟我說：「媽媽去你蘭嶼家是她這一生最高興的旅行。因為你為她們下海抓鮮魚，夫人下田採集芋頭。」

作家與作家的彼此認識的獨木橋是讀者的詮釋「牽的線」，我認為身體作為我們在人世間的「戲服」，此戲服的品質如何，那是作家自己營造出來的。其實，我與夫人是達悟族，探望非親族死者是很大的禁忌，但我說，津島女士是我寫作生涯旅行中的貴人之一，現身鞠躬是尊敬之意。

作家是「文字魔術師」，但我立志當作家的源頭不熱衷於創造「魔術」，而是我的高曾祖父的「手槍流血了」，是抵抗歧視為創作源頭。

我人生第一次探望的「屍體」是翻譯《憂鬱的熱帶》的王志明，我當時在台北開計程車，他在仁愛醫院開完心臟手術後，說好去看他，但他晚上就被送到辛亥路的殯儀館，我一個人開櫃看他冰冷而殘缺的「戲服」，他知道我中文書寫的詞彙不及格，彷彿說：回家吧！用身體創造漢字。

因此，津島女士問我：漢人看得懂你寫的漢字嗎？當然很難！

因為「手槍流血了」，我的前輩不知道，槍管裡有「子彈」，一顆子彈就夷平了我家族的家，這個「家」是我祖先伐木，砍了三百多棵樹建立的家屋。此刻，我有戲服品質的前人皆已航海到白色的島嶼了，兒時的聽覺，身體的觸覺，舌頭的味覺，眼睛的視覺，還有自己的幻覺醞釀為自己豐腴的雙乳。謝謝兩位朋友給我的啟迪。

原始與富足

《原始富足》是一本書名，另外有位西方人類學者寫了《原初豐腴的社會》，前一本是新書，我還沒去買來念，後者，在清大念書時，已讀過，也「想過」。

好一陣子沒來台北了，我個人因為要寫「小說」的關係，不得不去做小小的田野「採訪」。有日本人，早住民，先住民，後住民。但我不是寫「歷史小說」，場景都在蘭嶼，一點點在台灣某處。我在清大的碩論題目是：「原初豐腴的島嶼」，在學術的論文參考書目，後學者不會拿我的碩論做「參考書目」，不值得參考，沒有到碩論的論述「程度」。但很多原住民，或漢人寫的「論文」論述，好像寫得「很有知識」，事實上，是沒有「真正」的知識，我稱之：解說員的知識。

一九七〇年代，初次來台北，從高雄第一次坐慢速火車來台北，慢速是真的慢速的火車，我身上只有三百元的台幣，我忘了坐了幾十個小時，但我知道，從高雄到台北時，那是每一站都停的慢速火車。

從小學到高中所念的地理課、歷史課，都是念「中國」的。如今，許多「意識」的轉型，如「正義」，要把它的「正義」轉型為正義，讓先前的正義轉型為不正義。對蘭嶼，這個「正義」，有日本式的正義，中國人式的正義，閩南人式的正義，蘭嶼式的正義，要轉型它的「正義」，於是「正義」孕育很多層次的政治學上的「正義」解說。

慢速火車，我十九歲時，讓我看見了西部平原的綠油油（稻田）的環境正義，然而這個「環境正義」，當下的十九歲年輕人，已經看不見我初始遇見的西部綠油油的稻田、稻海了。同時，慢速火車成為「區間車」，自強號、莒光號而後有高鐵。於是大家都在「快速」看「快速」，不再看，不再坐「慢速」火車了，講「慢速」（踏實）的人要轉型他的正義。我很幸運，我來得及在剛出生的時候，在黑暗的傳統茅屋聽到的語言是我民族「初始」的語言，來到人間，睜開眼睛的「初視」是「黑夜」，這個初始的語言，是讓我認識這個世界的起源，「原初豐腴」，初視是「黑色正義」。

如今「快速」已是「正義」了，小雞要在四十天就要成為「成雞」，否則「快速餐飲」即刻倒閉。我的幸運是，出生沒穿過「紙尿布」。現在的人在燈光充足下被接生，宛如養雞場的「嬰雞」需要黃燈泡加速成長。我在田調是探索人性，慢速火車，那是我的正義，來自原始，來自黑暗。

採集者與耕種者

隔壁家的表弟因為長時間喝酒超過而滿溢，買給自己的肉體與精神食物是數不清的「自廢」生活，因而斷絕與菸酒廝守，轉而回歸到「採集與耕種」的上班生活。

我家的女主人也早已是過如此的簡樸生活，我帶兒子上山採集造船樹材，這種生活模式如是水圳引水灌溉田園，生活自然貼近原初「食物主權」的前人營生的哲學。前幾天，有位台北來的高中剛畢業的讀者，直接來我家看我，問我，說：

「老師最近念什麼書呢？」他似乎要我為他指點迷津似的，我為他手邊的《大海浮夢》、《天空的眼睛》簽名完後，帶他去我們的船屋、地瓜園，爾後去潛水射魚，解答他的疑惑，說：「我在念木船的流線美，閱讀地瓜園的成長，觀察魚類生態的習性，稱之採集與耕種的原初常識。」又說：「城市人念許多讀不完的、消化不完的經典『知識論』、『經典小說』。」於是煮了一鍋鮮魚給他吃（招待他的遠航，飛翔到蘭嶼），他微微上仰的嘴角說：

「你為何為我抓魚？」

「給你嘗試我的生活常識，老師念的書，是採集與耕種（人生歷練）。」

小孩哭了，於是我又說：「多多閱讀天空的變化，雨水的粗細，花開花落，摸摸媽媽的手掌，那就是生活上的知識經典。」

半個月前，我家女主人在船屋種的新地瓜、旱芋被野豬吃得精光，也就是說野豬的「嗅覺」會在很遠的地方嗅到原初食物長了果實，然後趁人類不注意的夜間時間吃得精光。

隔壁家的表弟也因為他們的新芋頭、新地瓜即將成熟時，被野豬吃得光光，而滿面愁苦，於是相互訴苦。我們苦笑道，野豬嗅覺是牠們的知識導航，而人類的嗅覺導航引用在「階級對立」。台灣走到新舊移民仇恨糾纏的深淵，苦了採集者與耕種者，野豬愈來愈多了。

小男孩再問，說：「天空的眼睛是何意？那是藍天上的『星星』啊！讓人心曠神怡，就如綠色大地也種植了數不清花朵，讓人有朝氣。謝謝老師的魚湯魚肉。」你是我最貼近的「海洋文學評論者」。

·

島嶼的黎明，它的多變在於風雲雨陽的情緒，也在告訴島民許多數不清的變動隨時發展。清晨鳥禽，蛙鳴，水流聲，還有我悶熱的鐵皮屋都是我自然甦醒的時鐘。木船搬回家了，就在身邊，此時的島民已不再熱衷於它的故事，如同此時族人的早餐三明治、保力達B取代了飛魚乾。清潔的早晨，坐在自己打造的木船遙想前人們用它來養育後來者、未來者，它養育了島嶼文明，養育了海洋的門面，它讓我認識海洋的節氣，淬煉我漸漸退化的肌肉，木船的一切是雨林的產物，那兒是我的古典文學。沉默不語看著它，才後知後覺的悟道，這個

「戀人」的意境。假如我可以說：有一種隱形的幸福發生在自己的九宮格命盤，也是數不清的糾葛。這句話是大我三年的堂哥說的，「這是你的小學畢業證書」，你去台灣念書都白念了，最終你只是造船者。我笑了，這個結論我接受。某種不可言語的舒坦是，筆電可以帶進船魂邊，邊雕刻邊寫小說、散文，足矣！

島嶼之蛹

人類各個民族的哲學思維是如何演展出來的？島嶼之蛹？

有天我在島嶼某個部落的海人的家閒聊。那位朋友如今已八十來歲了，他說：

當他的部落灘頭由鵝卵石變為水泥地之後，二〇〇九年的莫拉克颱風前的前幾年，因為鵝卵石變為水泥地，因此颱風來襲的時候，洶湧湧浪不再受到鵝卵石的阻擋，於是駭浪的宣洩的餘波直接的衝進他們一樓的家門，說是水泥灘頭協助駭浪的暴力。他夫妻倆在深夜因駭浪拍擊礁岸之炸響聲沖天，讓他們心中孵化未曾有過的恐懼。黎明將至，風浪驟雨的混音遠遠超越莫札特交響樂章。有道巨浪終於擊破了他們家木門，他們閃躲不及，被駭浪擠到屋內邊角，結果，海水退位時，夫妻倆胸前各自擁抱如手臂長的鸚哥魚。

女人笑道；駭浪衝破家門是來送魚的。

男人怒道；不是，這兩條鸚哥魚跟我們一樣笨，不去深海躲湧浪，如我們不去較為安全的二樓躲。這雙魚，是「笨蛋魚」，我們不可以吃，天亮以後，賣給修理機車的漢人。

那位漢人才花五百元，買了魚。說；笨啊，兩條才五百元。

男人笑道；颱風的「魚」比較好吃。

他賣的不是魚肉，是賣笨蛋魚給笨人。

•

小島嶼注定的命運幾乎就是「外漂」，早些年父親三兄弟質疑過日本人是如何找到這個小島的存在。當麥哲倫跨越了南美合恩角進入了大洋洲的藍海世界的時候，也就注定了小島嶼未來的不安，其中之一的不安是，外來食物的引進，病原的增加。換言之，出生與死亡成為島嶼的另類疲憊。

父親三兄弟在仙逝之前，主動弓著身子如嬰孩出生的姿態，說是，自身的床墊「墓地」不可以占用太大的土地。這個觀念是特殊的，很讓我深思的議題。

沒有信箱的男人洛馬比克，也是沒有財產的，沒有女人的孤寂老男人，他今年已七十來兮，是我父親的堂弟。飛魚季的第四天的晨間，晨雨依舊，如此氣象很像是我五十幾年前的環境場景，但族人許多的身體死亡方式已經「外漂」了，換言之，小島已經不是出生與死亡的原生島。老海人幾乎不曾感冒過，但他經常酒醉，倒在他進門前的門廊，滴答滴的晨雨滴醒了我初老的肉體，我習慣性地探頭伸頸望著老海人的門廊。酒精讓他無法抬腳跨越門檻，躺在門廊上，我於是拿著雨衣覆蓋他身子，他卻忽然回我說道：我還沒死。

我羞愧的立即退縮。看看他親身製作的那個沒有門板的信箱，我的想像是，他在期待誰給他寫信呢？

拼板船

假如我可以說，少年時期夢想的實現是文學家的反芻、反思的一種行為的話，記憶讓我看見了許多事件的沒落：一九九七年、二〇〇四年我在法屬大溪地（住十天），英屬庫克群島國，在拉洛東加島住一個月，這兩個群島民族是毛利族（Mauri），也是一七五〇年代以後，歐洲諸帝國掠奪殖民島嶼的盛行期，歐洲人利用島民的航海技能與海洋知識、星座導航知識開創了殖民大洋洲的航海路（《大海浮夢》寫過一點，未來將重寫）。我想說的是「傳說延伸的生存技能，智慧等等沒落的背景」，此背景幾乎完全的複製在也是海洋民族的達悟族人（台灣漢族繼承日本人稱我們是山地山胞原住民，理論上稱之「生番」，去「海洋島嶼」的證據）。生番之原初意義是：尚未完整被殖民國馴化的、低度文明化的、高度原始的少數民族。

高度原始保有民族原初謀生的生存智慧。大溪地如是連體的番薯，蘭嶼也是。他們運用香蕉纖維帆，獨木舟可以輕易地在群島之間航行百海浬，航海食物是芋頭，我去的時候，船變成了玻璃纖維，雙引擎，在十海浬內獵魚，星象知識、雲層知識、潮汐知識即刻成為柴薪燒盡後的木灰，在民族集體的記憶裡被刪除。機動船的「便利」就是便利遺棄原初知識的、神話傳說的雙刃劍。在蘭嶼，此等事件完整的複製，拼板船成為當下部落灘頭的模特兒，遊客獵攝的陪襯花童，於是新生代族人在啤酒、麥當勞沉澱後的健壯，也只能當灘頭有解說證照的解說員，而不是在海上划船獵魚、有氣質的漁夫。

在蘭嶼的海上，有機動船的族人是新貴階級，賺錢能力十足的族人，「飆船」新的視覺感官。我難過的是，我無法為兒子買船，讓他在海上飆船，除了自己沒能力外，最擔憂的，我不懂機械，萬一機械故障，被漂流到手機無法傳送訊息的海域時，那我真是白活了一生。只好乖乖的帶領兒子伐木、扛木頭，讓他認識造船樹材，讓他使用斧頭，夜間帶他划船捕飛魚，讓他感受「生番」的生存哲學。「黑夜」，那是神話傳說故事起源的時空。

機動船十分鐘的海程，我要花一小時的划槳時間，目的只是為了讓肌肉減緩退化，讓手掌粗糙，好讓我的子孫牽手，好像牽著一棵樹的樹皮，這是我的人生證照。

當世界看不見我的夢想，夢醒的時候，我用木船看世界，雖然在汪洋大海我划得不遠，但終究划出生存的意志，魚，我們要的不多，只要家人夠吃，我們就滿足了。感謝祖父種樹給我，讓我親海；感謝父親歧視我的肌肉，讓我在伐木時，漸漸茁壯；感謝兒子幫我扛木頭；感謝這個時段，大海讓我沉默，船就是我們家的海洋。短暫的疲憊，卻是虛心向大自然求智慧的基礎。辛苦了孩子，和他們的母親。

「拼板船」，他讓我孤寂了，也讓我老來迷惘了。為了實現為人父的夢想，「帶兒子的身體、思想進入雨林認識島嶼生態文明，信仰沁入海洋的水世界」，我倒退走人生路，而非前進買機動船，建立民宿屋，在大學當學者，讓他可以生存。「拼板船」，那是「他者」看不懂的海洋學論文，也是沒有學術市場的產物，島嶼上的「造船者」絕非是學者，也絕非為了殖民政府頒發一張被認證的證書，我追逐木船的目的，只是為了讓島嶼嗅覺到兒子的體味，認識他的存在，而非跟殖民者申請造船生活費（達悟族是全原住民最不會申請補助經費的民族）。拼板船讓我感受孤寂，讓我感悟古老技藝的尊榮，感悟海洋心跳的騰空喜悅，像黑駿馬在草原上自由地奔馳，自由的解放。如果我可以說，拼板船更是我與兒子給大海的禮物，海洋民族意識「覺醒」、「自覺」的產品，解放的證據，由大海認證。

人生之路，我選擇了孤寂，選擇了以海洋為中心思想的文學路。當我不再擁有木船的時候，也是我死亡的時刻。

「親子舟」終於以「招飛魚」之名，站在古老的灘頭，站在傳說的末梢，敬畏海洋油然而生，像蛹試著展翅。

文學叢書 667

INK PUBLISHING

我願是那片海洋的魚鱗

作　　者　夏曼・藍波安
圖片提供　夏曼・藍波安
總 編 輯　初安民
責任編輯　陳健瑜
美術編輯　黃昶憲
校　　對　吳美滿　陳健瑜　夏曼・藍波安

發 行 人　張書銘
出　　版　INK 印刻文學生活雜誌出版股份有限公司
新北市中和區建一路249號8樓
電話：02-22281626
傳真：02-22281598
e-mail：ink.book@msa.hinet.net
網　　址　舒讀網http://www.inksudu.com.tw

法律顧問　巨鼎博達法律事務所
施竣中律師
總 代 理　成陽出版股份有限公司
電話：03-3589000（代表號）
傳真：03-3556521
郵政劃撥　19785090　印刻文學生活雜誌出版股份有限公司
印　　刷　海王印刷事業股份有限公司

港澳總經銷　泛華發行代理有限公司
地　　址　香港新界將軍澳工業邨駿昌街7號2樓
電　　話　852-27982220
傳　　真　852-27965471
網　　址　www.gccd.com.hk

出版日期　2021年 12 月　初版
ISBN　978-986-387-500-0
定　　價　300 元

國家圖書館出版品預行編目資料

我願是那片海洋的魚鱗
／夏曼・藍波安著
--初版, 新北市中和區： INK印刻文學, 2021.12
面 ；14.8 × 21公分.（文學叢書；667）
ISBN 978-986-387-500-0 （平裝）
863.855　110017873

舒讀網